SEASONS OF YOU

1

마세리 장편소설

시절 연애

1

SEASONS OF YOU

엘릭시르

차례

제1장

우린 너무 달라서

빨갛게 노랗게 단풍이 졌던 거리가 이지러진다. 늦가을 추위에 나는 버스에서 내리자마자 어깨를 움츠렸다.

높이 솟은 회색 담벼락, 종종 보이는 무표정의 경호원들. 방공호라고 착각할 만큼 주위는 차가운 분위기가 흘렀다. '한남동 언덕고개'로 불리는 이 길은 매일 오가는데도 도무지 정이 붙지 않는다. 정류장에서 20여 분을 빠르게 걸어간 뒤에야 대문이 보였다. 작은 호출 벨을 누르자 익숙한 목소리가 튀어나왔다.

—네, 권형도 회장님 자택 별관 동입니다.

"나희요."

덜컹, 곧장 대문이 열렸다. 파릇하게 깎인 잔디 정원은 무섭게 고요했다. 나는 중앙 연못과 현무암 디딤돌을 피해 샛길로 향했다. 으리으리한 대저택에 숨겨진 이 쪽문은 주방에 딸린 식모 방으로 연결된다. 여기가 나와 엄마가 사는 공간이다.

—나희야, 안 바쁘면 잠깐 A동 주방으로 올래?

"네."

장 여사의 전화를 끊자마자 나는 옷을 갈아입었다. 고용인들은 회장님 가족이 기거하는 본관을 A동이라고 부른다. 셔츠에 에이프런은 필수였다.

A동 주방은 석찬을 준비하는 여사님들로 분주했다. 저녁 메뉴가 어복쟁반이랬나? 회장님이 특별히 좋아하시는 이북 음식이라 그런지 긴장감마저 흘렀다.

"왔어? 나희는 어째 볼 때마다 더 예뻐진다."

금색 보자기에 뭘 싸다 말고 장 여사가 살갑게 웃었다. 그녀는 부사장 내외의 수족으로 사모님의 해외 골프 여행까지 동행하는 A동의 실세였다.

"이거 이 실장이 만든 찬인데, 현진이한테 좀 갖다주고 와. 사모님이 오늘 일찍 들어오신다네? 지금 막 호출이 와서."

"현진이요?"

"응, 우리 큰 도련님."

회장의 장남인 권정무의 늦둥이 외아들. 이 집에 권현진이 누구인지 모르는 사람은 아무도 없다. 사장 부부가 살아 있을 적에야 '권진' 적통 왕자님입네, 장손입네 했겠지만…… 지금은 무인도에 떨어진 오리알 신세였다.

"현진이 저번 달에 한국 들어왔잖아."

여덟 살 무렵 한국을 떠났던 그애가 얼마 전 귀국했다는 사실은 나도 알고 있었다. 다만, 그애 혼자 사는 집에 나더러 반찬을 갖다주라는 심부름이 낯설었을 뿐이다.

"주소는 내가 문자로 찍어줄게. 다리 하나만 건너면 돼. 택시 타고 가, 응? 최 대리는 사모님 모시러 갔으니까."

장 여사에겐 애초에 내 대답이 필요치 않았다. 카드를 주며 등을 떠미는 손길에 나는 초조해졌다.

"현진이가 저 별로 안 좋아할 텐데……"

"어휴, 안 좋아하기는. 나희를 누가 안 좋아해? 이렇게 예쁘고 착한데. 이 실장은 좋겠어, 나도 이런 딸내미 하나만 있으면 소원이 없겠다."

능구렁이처럼 심부름을 떠넘기려는 장 여사 때문에 난감

했다.

"큰 도련님은 집에 붙어 있지도 않아. 종일 피트니스 가서 산다잖아."

"그래도……"

이제 겨우 열여덟인 주제에 권현진의 성질머리는 회장님 저리 가라였다. 나보다 한 살 어린 남사애라곤 해도 십 년간 얼굴도 본 적 없었다. 집안의 골칫덩어리와 괜히 마주쳤다가 무슨 소리를 들을지 모른다.

"이 실장, 나희가 우리 큰 도련님 불편해해요?"

불똥이 괜히 엄마한테 튀었다. 언짢은 목소리에 엄마가 장 여사의 눈치를 보며 말했다.

"불편해하긴요. 어릴 때는 곧잘 놀고 그랬는데. 같이 블록도 맞추고."

"엄마. 그건 찬희 얘기지. 찬희도 지금 학교 끝났을 텐데."

"나희야, 네 동생은 공부해야지. 고시원 사는 애가 언제 여길 와. 여기 수시 합격한 고3이 있는데."

"나희는 현진이가 싫으니?"

그때, 입구에서 카랑카랑한 목소리가 들려왔다.

"우리 현진이를 누가 싫어한다고 그래?"

"어머, 사모님. 오셨어요."

주방에 있던 사람들이 모두 하던 일을 멈추고 회장의 둘째 며느리에게 인사를 했다. 차남 권영무 부사장의 아내, 차미영이었다.

"다들 입단속 좀 해. 누가 들으면 오해할 소릴 하고 있어? 이 실장, 나 물."

"네, 사모님."

"어우. 황 대표, 젊어서 그런지 힘도 좋아. 계속 뺑샷만 치더니 나중에는 나가리가 났네?"

"어머."

"그리고 자기야. 우리 호칭 좀 정리하자. 아랫사람들이 현진이, 현진이, 하고 부르는 거 회장님 질색하셔."

골프복에 선캡을 쓴 사모님 차미영이 둘러보며 설교했다.

"다 컸잖아. 길에서 마주치면 개 성인이야, 성인. 고등학생이라고 누가 믿어?"

"죄송해요, 사모님. 제가 워낙 어릴 때부터 봐왔잖아요. 습관이 이렇게 무서워요."

"자기들 때문에 맨날 나만 욕먹어. 어멈이 장손을 개무시한다고 들들 볶으시는데, 억울해서 진짜."

"어휴, 그럼요. 사모님 큰조카 사랑, 다들 알죠."

"명절에 전화 한 통 없는 애한테 계절마다 EMS 부쳐준 사람이야, 내가."

디톡스 워터를 받아든 차미영이 주방을 나갔다. 뒤에 껌딱지처럼 붙은 장 여사가 보따리를 향해 눈짓했다. 기어코 권현진에게 반찬 배달을 다녀오란 뜻이다.

"강아지, 뿔내지 말고 얼른 갔다 와."

"걔 누구 때려서 한국으로 쫓겨난 거라며."

내가 속삭이자 엄마가 손사래를 쳤다.

"모르는 사람들이 하는 얘기야. 큰 도련님이 얼마나 착하고 순한데."

착해? 순하다고? 그 성격을 모르는 사람이 없는데, 어떻게 그런 소리를…… 초등학생 때 당한 일들을 생각하면 그 애 꼴도 보기 싫었다. 블록을 던지며 패악질 부리던 권현진, 날 겨냥해서 축구공을 던지고 웃던 권현진, 그 공을 주워오라고 시키던 권현진……

어릴 때부터 나는 내 위치를 잘 알았다.

"이 실장 모녀요, 언제까지 여기 사는 거래요? 지 엄마야 뭐 식모살이한다지만, 어린애가 남의 집에 기생하듯 얹혀사는 거 마음 편하겠어요?"

그런 처지가 이제 와서 뭐가 달라졌을까. 회장님의 금지옥엽 장손이 날 괴롭힌다고 말해봤자 엄마 마음만 아프게 할 뿐이다. 눈앞에 없는 권현진 대신, 광택이 흐르는 황금 보자기를 세차게 노려보았다.

"찬희한테 시키지. 권현진이 찬희 입학 선물도 줬대."

"나희야."

"……알았어. 갔다 올게요."

한국에 돌아온 지 고작 한 달 만에 벌써 나를 괴롭히다니. 마침내 권현진의 귀환이 실감났다.

그애가 혼자 사는 곳은 한강변 신축 아파트였다. 권진에서 시공해 연일 뉴스에 이름이 올랐었다. 입주민 카드를 받아왔기에 망정이지, 출입 절차가 까다로웠다. 전면 한강뷰라는 끝동 꼭대기까지 왔을 때는 온몸이 녹초였다. 이 귀찮은 짓을 떠넘긴 장 여사가 이해되는 순간이었다.

한 층에 한 세대뿐인 펜트하우스. 고등학생 혼자 쓰기엔 과분한 그 집 현관문 앞에서 나는 차분히 숨을 내쉬었다. 그래, 차라리 잘됐다. 한 번은 권현진을 마주쳐야 했다. 마침 돌려줄 것도 있다. 짐을 내려놓고, 결연하게 3501호의 벨을 눌렀다.

띵동.

고요했다. 띵동, 띵동. 다시 눌러도 마찬가지였다.

절호의 기회였다. 나는 재빨리 카드 키로 권현진의 집에 들어섰다. 그럴듯한 아파트 외관과 달리 내부는 삭막했다. 현관 한쪽에는 가운데가 박살 난 캐리어가 찌그러져 있었다.

권현진의 짓이 분명했다. 어릴 때부터 뭔가를 발로 차는 데는 남다른 애였다. 부수고, 깨고, 망가뜨리고……

권현진이 여덟 살까지 살았던 한남동 본가에선 늘 그런 소리가 났다. 권 회장이 장손을 품에서 놔버린 데는 큰조카를 멀리 보내려는 사모님의 심술도 있었지만, 권현진의 우악스럽고 광폭한 성미도 한몫했다. 억대를 호가하는 고미술품을 하루가 멀다고 요절냈으니까.

아무도 감당 못하는 일가의 어린 폭군. 그게 내가 기억하는 권현진의 마지막 모습이었다.

"하, 참……"

이거 봐라. 냉장고 안이 기막혔다. 쓰러진 우유갑과 시리얼. 2리터짜리 물 한 병. 말라비틀어진 식빵. 정말 상식이란 게 없는 애였다. 누가 시리얼을 냉장고에 넣어둬? 장 여사가 앞서 갖다준 녹색 보따리는 풀어본 흔적조차 없었다. 찬희의 코딱지만한 고시원 냉장고도 이보다는 먹을 게 많은데, 얘는 대체…… 나는 쯧쯧 혀를 차며 가져온 보자기를 풀었다. 그 순간 내용물을 보고 눈을 의심했다.

콩물과 생칼국수 면.

나 참. 권현진이 여기서 어떻게 사는지 빤히 알 텐데. 콩물이 웬 말인가. 일품요리도 아니고.

"어쩐지 무겁더라."

회장님이 극찬했다고 이걸 고이 싸서 보내다니. 라면도 안 끓여먹는 애가 콩국수를 잘도 해먹겠네. 그때 뒤에서 갑작스러운 인기척이 들려왔다.

"뭐야."

허스키한 중저음. 불만 가득하고 삐딱한 어조.

나는 쭈그려 앉은 채로 완전히 얼어붙었다. 냉장고 문에 몸이 가려졌기에 망정이지, 기절할 뻔했다. 설상가상 눈치 없는 냉장고는 얼른 문을 닫으라고 삑삑 성화였다.

천천히 시선을 올리자, 냉장고보다 거대한 인영이 보였다.

“뭐냐고.”

권진 일가의 폭군, 권현진이었다.

“왜 남의 집에 쳐들어오고 지랄이세요. 허락도 없이.”

정면으로 마주친 게 얼마 만인지 모르겠다. 주저앉아 있어서 그런지 권현진은 더더욱 거대해 보였다.

“야. 이나희.”

누나라는 호칭은 애당초 기대도 안 했다. 다만 저애가 내 이름을 기억하고 있다는 게 놀라웠다.

“이게 왜 대답을 안 해. 귓구멍 막혔냐?”

쿵.

냉장고가 울렸다. 가볍게 찬 것 같은데 지진이 난 줄 알았다.

“귓구멍 안 막혔거든. 들었어.”

“근데 왜 입 처닫고 있는데. 허락도 없이 내 집에는 왜 들어왔냐고.”

“벨 여러 번 눌렀어. 네가 못 들은 거지.”

주섬주섬 보따리를 챙겨 일어났다. 마주 섰는데도 여전히 권현진은 나보다 훨씬 더 컸다. 회장을 포함해서 권씨들이

원래 키가 크긴 하지만, 고작 식빵과 시리얼 따위를 처먹고도 저만큼이나 자랐다고? 저게 진짜 열여덟의 발육인가? 사모님 말이 과장이 아니었다.

"야. 오랜만에 본다?"

갈색이 감도는 머리카락, 엷은 눈동자, 하얀 피부. 도톰한 입술은 유달리 빨갰다. 밖에서 그렇게 뛰어놀아도 피부가 안 타던 애였다. 신기하게도.

"그러게. 오랜만이네. 권…… 큰 도련님."

"뭐?"

"그렇게 부르라던데, 사모님이."

"개소리하지 말라 그래, 징그러우니까."

내심 공감하는 바였다. 아무리 사모님 지시라지만 저 면전에다 '큰 도련님'이라고 부르려니 속이 다 매스꺼웠다.

"반찬 갖다놓으러 왔냐?"

"응."

"아, 먹지도 않는 걸 자꾸."

매끈한 얼굴이 신경질적으로 구겨졌다. 저 입에서 또 무슨 말이 나올지 모른다. 겁먹은 나는 재빨리 보자기를 여몄다.

"나도 심부름 온 거라서…… 헬퍼분 자주 오시지? 그냥 냉장고에 보따리째 넣고 갈게."

엄마 음식이 버려지는 건 속상하지만 이 집에는 가망이 없다. 빨리 여기서 나가자. 빠르게 손을 움직이는데, 머리 위로 그림자가 졌다.

"뭔데?"

어떤 감미로운 꽃내음이 폭탄처럼 풍겨왔다. 그걸 들이켜는 동시에 나는 마취약을 들이마신 듯 굳었다.

"야. 뭐냐고."

음식의 정체가 못내 궁금하다는 듯 그애가 내 뒤에서 어슬렁거렸다. 덕분에 나는 이 정체 모를 향기의 근원지를 금방 눈치챘다.

"풀어봐."

권현진의 섬유유연제 냄새였다.

"풀어보라고, 이나희."

등뒤에서 뻗어나온 손이 식탁을 짚었다. 나는 졸지에 그애와 식탁 사이에 갇히고 말았다.

여태까지 받은 반찬은 열어보지도 않았으면서 왜 갑자기…… 거슬리는 섬유유연제 향기를 애써 무시하고, 결국 황금 보자기를 다시 풀었다. 그러자 긴 손가락이 성의 없이 반찬 통을 들췄다.

"다 뭐냐, 대체."

움직일 때마다 단단한 가슴이 내 어깨와 뒷머리에 투박하게 부딪혔다. 조심성이라곤 하나도 없는 몸짓이었다.

괜히 나만 움찔대며 그애를 의식하는 게 이상해서 슬쩍 몸을 빼려는데, 권현진이 보란듯이 콩물을 들어올렸다. 비스듬히 젖혀진 턱이 날렵한 선을 내비쳤다.

"이거 시멘트냐?"

"뭐, 뭐라고?"

갑작스러운 영어 공격에 순간적으로 말을 더듬었다. 유학은 괜히 간 게 아닌지 '시멘트 밀크'라는 단어를 제대로 알아듣기 어려웠다.

"미친, 아줌마가 돌았나. 조카한테 시멘트를 마시라고 보내네."

"지금 대체 무슨 소리를 하는 거야? 이거 흑임자 들어간 콩물이야!"

시멘트는 무슨 시멘트? 근데 검은 깻가루가 떠다니는 서리태 콩물은 얼핏 시멘트 반죽과 비슷했다.

"콩물이 뭔데."

그래, 콩물이 뭔지도 모르는 애한테는 어쩌면 그렇게 보일 수도 있겠다.

"그…… 콩국수 해먹는."

"콩국수가 뭔데."

"……맛있는 거."

"그거 어떻게 먹는데."

땀이 삐질 흘렀다. 한국에 친구도 없고, 챙겨줄 가족도 없는 권현진은 고향의 음식도 잘 몰랐다.

처참한 냉장고 안의 광경을 목격했기 때문인가.

"……해줄까?"

마음에도 없는 말이 졸지에 입 밖으로 튀어나왔다.

❀

미쳤구나. 콩국수 해준다는 소릴 내가 왜 했지.

직접 뱉은 말이건만 후회스러웠다. 덩치도 저렇게 큰 애가 시리얼 따위로 연명하는 게 안쓰러웠다. 고시원에 사는 찬희도 얘보다는 잘 먹고 살겠다, 그런 생각이 잠깐 들었던 것 같다. 그 잠깐의 실수가 돌이킬 수 없는 상황을 만들었다.

"해준다며. 뭐 어떻게 하는데."

권현진은 단 1초도 움직임을 놓치지 않겠다는 듯이 내 옆에 딱 붙어섰다.

"해봐, 빨리."

"국수라고 했잖아. 면부터 끓여야 해. 좀, 비켜."

부담스러운 시선에 정수리가 뚫릴 것 같았다.

"야. 넌 십 년 동안 키 안 크고 뭐했냐."

"어릴 때보다 많이 컸어."

"진짜 콩알만하다, 너."

"네가 비정상적으로 큰 거야."

그간 말 상대가 없어서 심심했는지 쉬지 않고 저딴 시비나 걸었다. 팔짱을 낀 권현진이 내 쪽으로 깊이 고개를 숙이면서 픽 웃었다.

"이나희 얼굴 보려면 무릎 꿇어야겠다."

"……"

빨리 콩국수나 말아주고 가자. 그런데 인덕션이 켜지지 않았다. 터치식 전원 버튼을 눌러도 반응이 없었다.

"너 이거 켜본 적 있어?"

"아니."

"어떻게 하는데."

"그냥, 전화하면 되는데."

"어디에다가?"

매번 생수를 사다 먹는 게 귀찮았는지 권현진은 정수기에 관심을 보였다. 냄비 물이 끓을 동안 나는 가장 유명한 정수기 브랜드의 전화번호를 검색했다. 고객센터로 넘어가는 화면을 함께 내려다보던 권현진이 의아한 듯 읊조렸다.

"너…… 핸드폰이 있어?"

"있지, 그럼 없겠어?"

별 황당한 소리를 다 하네. 상담사 연결을 기다리는데 나직한 목소리가 흘러나왔다.

"남자친구는. 그것도 진짜 있냐?"

"……"

"있겠지, 있으시겠지."

"여보세요. 네, 정수기 설치하려고 하는데요. 여기 주소가…… 잠시만요. 받아봐."

친절한 상담원에게 불친절한 집주인을 바꿔주었다. 긴 설명을 심각하게 듣던 권현진이 나를 쳐다보았다.

"얼음 정수기요?"

"그걸로 해."

"내일 바로 온다고요?"

"오시라고 해. 어차피 할 거 없잖아."

"3시. 좋습니다. 네."

전화를 끊은 후에도 권현진은 뭔가 할말이 남은 것처럼 내 핸드폰을 만지작거렸다.

영국에는 얼음 정수기가 없나? 새삼 저애가 미성년자라는 게 실감났다. 집에서 살았던 건 여덟 살까지고, 이후로는 쭉 학교 기숙사에서만 지냈다. 심지어 방학마저도. 그래서 평범한 생활을 전혀 모르는 걸까. 알려줄 어른도 옆에 없으니까……

끓는 물에 생면을 한 덩이 넣고 젓가락으로 휘저었다. 순식간에 냄비 속이 어지러워졌다. 내 마음도 괜히 싱숭생숭했다. 지금 누가 누굴 동정하는 거야. 저애는 재벌 4세인데. 알아서 잘 먹고 잘만 살 텐데.

"내가 네 번호 물어봤다고, 이찬희가 말 안 해?"

"안 하던데. 물 팔팔 끓으면 냄비에 찬물 조금씩 넣어. 넘치지 않게. 세 번 정도 반복하면 면이 다 익은 거야."

엄마를 돕느라 나도 어느 정도 요리가 익숙해졌다.

“근데 너, 이런 거 먹어?”

“먹는 거라며.”

“그렇긴 한데……”

“갑자기 해주기 싫냐? 해준다며. 빨리해라.”

애 입맛에 이런 음식이 맞기나 할까? 콩국수를 만들면서도 긴가민가했다. 소금이 없어서 찬장에 그나마 있던 설탕을 뿌려주기로 했다.

그런데 갑자기 봉지에서 설탕이 와르르 쏟아졌다. 나는 이 또한 레시피의 일부인 척 간신히 표정을 유지했다.

“진짜 시멘트 아니냐?”

“아니라고 했지.”

걸쭉한 콩물이 영 찜찜했는지 권현진은 독이 든 사과를 보듯 콩국수를 응시했다.

“네가 먼저 먹어봐.”

“알았어.”

맛이 걱정돼서 냉큼 젓가락을 받아들었다. 쓱쓱 면을 비벼서 덜어먹었다.

오, 꽤 괜찮았다. 수타면이라 쫄깃하고 찰진 식감이 완벽했다. 반죽을 치대느라 손목이 아프다고 엄마가 끙끙 앓았던 게 이해되는 맛이었다.

"됐지? 맛있어. 너도 먹어봐."

내가 새 젓가락을 찾는 사이 권현진은 이미 국수를 먹었다. 잠시를 못 기다리고 어떻게 남이 쓴 젓가락을…… 뭐라고 하려는데, 의심쩍은 듯 면발을 씹던 그애의 눈썹이 움찔했다.

"그치? 생각보다 괜찮지? 면만 먹지 말고 콩물이랑 같이 먹어. 음식은 촉촉하게 먹어야지, 빽빽하게 먹으면 맛없어."

고소하고 달달한 콩물을 숟가락으로 먼저 뜨고 그 위에 면을 올려주었다. 먹다 질릴까봐 냉장고에 그대로 있던 녹색 보따리에서 열무김치를 찾았다. 뚜껑을 열자마자 맵싸하고 시큼한 냄새에 군침이 고였다.

"이것도 같이 먹어."

코앞에 놔줬는데 권현진은 김치에 손도 대지 않았다. 한숨이 절로 나왔다. 얘가 정말 콩국수를 먹을 줄 모르는구나. 야들야들한 열무를 집어 하얀 면발 위에 올려주자, 권현진이 멈칫했다.

"먹어봐. 여름 열무로 담근 거라 얼마나 맛있는데. 이건 별로 맵지도 않아."

이번에도 권현진은 탐탁지 않은 얼굴로 열무김치를 씹었다. 그러더니 입에 맞았는지 김치를 조금씩 갖다 먹기 시작했다. 시멘트 반죽이냐고 감히 멸시할 땐 언제고. 국수 한 그릇을 다 비워낸 걸 보니 뿌듯했다.

"예산에 회장님 농장이 있어. 거기서 키우는 유기농 서리태라 맛있을 거야."

"먹을 만하네."

"아까 내가 한 것처럼 면만 끓이면 돼. 콩물은 오래 보관하지 말고."

나는 금색 보자기를 착착 접어서 챙겼다.

"먹는 거 봤으니까 이만 갈게. 설거지는 헬퍼분한테 해달라고 해."

"야."

현관으로 향하는 내 뒤로 발소리가 따라붙었다.

"너 아까 내가 물어본 거 대답 안 했는데."

"뭘?"

"남자친구 진짜 있냐고."

네가 그게 왜 궁금한데? 따져 물으려다가 순간 떠오른 얼굴에 눈가를 찡그렸다. 운동화를 탁탁 구겨 신으며 물었다.

"찬희가 그래?"

"묻는 거나 대답해."

이찬희는 내 친동생이다. 남자애치고 순해서 귀엽다가도 주책맞게 구는 건 짜증났다.

"남자친구 같은 거 없어. 그리고 찬희 얘기가 나와서 말인데, 이거 돌려줄게."

나는 챙겨온 걸 가방에서 꺼냈다. 은색 스트랩에 군청색 판이 휘황찬란한 시계. 행여 기스라도 날까봐 무서워 손수건에 감싸가지고 왔다. 권현진은 내 손안의 시계를 보고는 그대로 시선을 들었다.

"이걸 왜?"

"네가 찬희 줬다며. 고등학교 입학 선물이라고."

"근데."

살벌한 눈이었다. 잠시나마 풀어졌던 권현진의 얼굴이 딱딱하게 굳었다. 한 달 전, 엄마를 보러 왔던 찬희는 회장님께 인사드리러 온 권현진을 마주쳤다. '누나, 현진이 형이 시계 줬다!' 하고 자랑하던 찬희는 인터넷에 검색해보더니 매우 심각해졌다. 권현진이 제 손목에서 풀어준 저 시계 중고 가격이 7천만 원을 호가한다는 것이다. 재벌한테 고가의 시계

하나쯤이야 뭐 많지도 않은 돈이겠지만, 나와 찬희는 평범한 서민이었다. 가격을 알자마자 덜컥 겁부터 났다.

"그거 고등학교 1학년한테는 너무 비싼 물건이야. 다시 돌려주는 게 맞는 것 같아서."

"하."

권현진의 입가가 사납게 비틀어졌다.

"고등학생은 비싼 시계 차면 안 되냐? 누가 법으로 정해놨어?"

"권현진. 우리는…… 너랑 달라."

"뭐?"

순간 고운 얼굴이 일그러졌다. 주머니에 양손을 찔러넣은 그애가 한 걸음 가까이 다가왔다.

"이나희. 말 재밌게 한다?"

무섭게 돌변한 목소리에 등허리가 오싹해졌다. 이런 일이 생길까봐 오기 싫었던 건데. 권현진의 형형한 시선에 입술이 바짝 말랐다.

"내가 이찬희 준 거야. 근데 어쩌라고."

"내 동생 이런 거 필요 없어. 안 줘도 돼."

"받기 싫으면 이찬희한테 직접 갖고 오라 그래. 이찬희 변호사냐? 네가 왜 지랄인데.”

“싫다는 게 아니고, 우리 찬희한테는 부담스럽다는 거야. 이런 물건.”

“뭐가 부담스러운데. 이거 새것 아니야. 내가 차던 거야.”

“그런 문제가 아니라.”

“씨발. 그럼 버려!”

“……”

“난 남의 손 탄 거 다시 안 가져.”

한숨이 나왔다. 말이 통하지 않는 건 여전하구나. 나는 현관 장식장 위에 시계를 조심스레 올려놓았다.

“아무튼 이건 돌려줄게. 그럼……”

넓은 현관에서 도망치듯 몸을 돌렸다. 곧장 문을 나서려던 그때였다.

퍽 소리가 났다. 돌아봤더니 시계였다. 얼마나 세게 부딪혔는지 산산조각 난 시계 유리에 현관 바닥이 엉망이었다. 깨진 시계를 보고 깜짝 놀라서 권현진을 올려보았다.

“뭘 봐.”

내내 나만 흘겨보고 있었는지 단번에 눈이 마주쳤다.

“꺼져, 이나희.”

노기를 띤 눈가가 불그스름했다. 서슬 퍼런 얼굴은 어릴 때를 연상시켰다. 훌쩍 커버린 지금은 공기마저 얼어붙을 정도로 살벌하다는 게 차이점이었다.

화살처럼 따가운 시선이 등에 박혀왔다. 나는 집을 나갈 때까지 그애를 돌아보지 않았다.

제2장

청개구리 같은 너

내키지 않는 심부름은 처음부터 가지 말았어야 했다. 한 번 아파트에 다녀온 이후로 장 여사는 또다시 나를 불렀다. 그 난리를 치고 또다시 권현진의 집에 가야 한다는 사실에 눈앞이 깜깜했다.

어차피 한남동에서 지내는 건 올해까지였다. 나는 대학 입학과 동시에 학교 근처에서 자취할 예정이었다. 두세 달만 이 귀찮은 심부름을 견디면 된다고 머리로는 이해했지만, 가슴은 천근만근이었다. 고민하던 나는 정보를 줄 가장 만만한 사람을 찾아갔다.

“최 대리님, 그…… 큰 도련님이요.”

"현진이?"

마침 최 대리는 지하 차고에서 손 세차를 하고 있었다. 그는 몇 년 전 권진 전자 부사장님의 운전기사로 고용되었다가 '위트가 있다'고 사모님에게 발탁되었다. 사실은 반반한 얼굴 때문에 사모님 전용 수행 기사가 됐다는 걸 모두 알고 있었다.

"네. 걔는 학교 안 다녀요?"

"졸업하고 왔다는 것 같던데."

"벌써 고등학교를 졸업했대요?"

"나도 모르지 뭐. 영국은 뭔가 다른가봐."

설마 그애가 똑똑해서 월반을 했나? 난 대학에 붙었는데도 아직 학교에 매인 몸인데. 한 살 어린 권현진은 이미 고등학교를 졸업했단다. 불공평한 현실이었다.

"헬스장 몇 시쯤 간대요?"

"김 기사님한테 듣기로는 9시에 피트니스 가서 2시쯤 온다는 거 같은데. 오후에 또 가고."

무슨 대회라도 준비하나. 헬스장에 다섯 시간 넘게 있는 사람이 어딨어. 듣기만 해도 질린다.

"친구도 안 만나는 모양이던데."

전제가 잘못됐다. 애초에 걔는 한국에서 만날 사람이 없다. 하물며 집에 TV도 없었다.

"그럼 뭐 운동 말고 할 게 더 있겠어?"

"……그렇네요."

어릴 때부터 회장님이 키우던 사냥개보다 활동량이 많은 애였다.

"근데 현진이는 왜?"

차 내부를 걸레질하던 최 대리가 불현듯 나를 돌아보았다. 가늘게 뜬 눈이 음흉하게 반짝였다.

"나희 혹시 큰 도련님한테 관심 있어?"

"아니요."

이 집에서 일하는 유일한 20대가 할 법한 질문이다. 너무 가당찮은 소리라 웃음도 나오지 않았다.

"장 여사님이 자꾸 심부름시키시는데…… 되도록 걔가 집에 있는 시간 피하려고요."

"왜?"

최 대리의 눈이 확 커졌다. 괜히 주위를 돌아보고는 아무도 듣지 못하게 내게 속삭였다.

"설마 현진이가 손찌검하디?"

"아니요."

"그럼 발로……?"

폭력적이긴 해도 여자한테까지 그럴 애는 아니었다.

"그런 건 아니고, 좀 불편해서요. 현진이도 저 싫어하고요."

나는 권씨 일가 모두가 어려웠다. 회장님은 물론이고 권영무 부사장도, 사모님도 다 마찬가지였다. 줄곧 B동에서 지내느라 그들을 마주칠 일이 잘 없기도 했고, 귀동냥으로 들은 회장 일가의 일화는 일반인의 상식을 넘어서는 얘기라 편견만 늘었다.

반면 최 대리는 사모님을 가장 가까이에서 자주 마주치는 사람이었다.

"현진이가 널 싫어한다고? 아닐 텐데……?"

"아무튼요. 알려주셔서 감사합니다."

인사하고 올라가려는데 최 대리가 덧붙였다.

"나희야, 너무 피곤하게 생각할 것 없어."

"네?"

"어차피 우리하곤 다른 사람들이잖아. 어울릴 또래도 없고 하니까 너한테 그러는 거겠지."

어쩌면 최 대리의 조언으로 권씨 일가를 조금이라도 더 편하게 생각할 수 있지 않을까. 그래서 귀를 기울였는데…… 순진한 착각이었다.

"이게 기회라고 생각하면 기회가 될 수도 있는 거다, 너."

"기회요?"

"그래. 요즘 로또 1등 해도 서울에 아파트 한 채 마련하기 어려운 거 알지."

비밀을 발설하는 사람처럼 최 대리의 목소리가 낮아졌다.

"현진이가 이번에 증여받기로 한 권진 전자 주식, 그거 세금만 300억이 넘는대. 그뿐이겠어? 건물이며 땅이며…… 걔 다녀가자마자 회장님이 강 변호사 불렀다더라."

강학수 변호사는 유언장을 담당하는 권 회장의 최측근이었다. 창업주였던 초대 회장의 상속 문제도 강 변호사가 처리했다. 유학길에 올랐던 장손이 한국에 돌아오자마자 회장이 강 변호사를 불렀다는 건 많은 의미가 함축되어 있었다. 사모님이 신경을 곤두세우는 것도 이해가 되는 부분이었다.

"현진이가 외아들이잖아. 권정무 사장님 돌아가시고, 걔가 미성년자라 여태 상속재산이 묶여 있었다던데. 이번에 세금 문제로 한국 온 거래."

나를 빤히 바라보던 최 대리가 능글맞게 웃었다.

"나 같으면 그냥 지금 확, 잡겠다. 걔가 나이가 어리잖아. 노는 법도 모르고…… 때가 안 탔지. 아직 여자를 몰라."

엉큼한 그 미소에 속이 싸늘해졌다. 반들반들한 얼굴에 비친 건 젊은 나이의 치기 같기도 했고, 어리석은 자의 때 앞선 용기처럼 보이기도 했다.

"막말로 나희 네가 권진이 애라도 하나 낳아봐. 완전 로열 블러드 아니야, 적통 로열 블러드."

적통 로열 블러드. 한 글자씩 강조해서 말했다.

최 대리가 저딴 개소리를 지껄이는 이유를 안다. 여느 재벌가가 그렇듯 권진에도 혼외자가 있다. 초대 회장님이 바깥에서 낳은 남매가 벌였던 상속재산 분할 소송은 이미 유명했다. 권영무 부사장의 사생아를 권 회장이 돌봐주고 있다는 것도 공공연한 비밀이었다.

"오빠 말 무슨 뜻인지 알지?"

징그럽게 오빠는 무슨. 남자들은 왜 오빠라는 호칭에 그렇게 집착하는지 모르겠다. 한심하게 최 대리를 쳐다보다가 꾸벅 인사하고 몸을 돌렸다.

토요일 아침 일찍 권현진의 아파트로 향했다.

평소 강남을 돌무더기 땅이라고 폄하 발언을 일삼던 권 회장은 자칭 타칭 풍수지리 전문이라는 청운 법사의 조언을 듣고 이 땅에 아파트를 지었다. 권진 건설 회심의 역작을. 권 회장은 권진 그룹이 굴지의 대기업이 되는 데 일조했다는 그 역술인을 공장 부지 선정까지 대동할 정도로 신봉했다.

여기다 아파트를 지으면 그룹의 대가 바로 선다나 뭐라나. 수십 개의 계열사 중 가장 부진한 성과를 보이는 권진 건설 또한 세계 최고 수준으로 도약한다고 했단다. 꿈보다 해몽이라고, 사람들은 그게 권현진 이야기라고 수군거렸다.

아픈 손가락이나 다름없는 회장의 장손. 없는 부모 자리를 채워주지 못하고 가풍에 맞지도 않는 조기유학을 보낸 권현진 때문에, 한남동 본가와 그리 멀지도, 그렇다고 둘째 아들 부부가 신경을 곤두세울 만큼 가깝지도 않은 위치에 권 회장이 장손을 위한 아파트를 지었다는 것이다.

최 대리의 말대로 이른 시간에는 집이 비어 있었다. 현관문을 열자마자 섬유유연제 향기가 사방에 진동했다. 적당량을 모르고 아주 쏟아부었구나. 그래도 빨래는 직접 하나보다. 온 집안이 꽃밭인 듯 걸음을 디딜 때마다 풍겨오는 그애의 향기에 가슴이 울렁거렸다.

백합인가? 아니, 백합이 아니다. 그보다 훨씬 향긋하다. 내가 한 번도 맡아본 적 없는 예쁘고 몽환적인 향기였다. 집안도 이전과 비교가 안 되게 깔끔해졌다. 물론 전에도 너저분하진 않았지만. 예컨대 현관에 나뒹굴던 캐리어 같은 게 사라졌다. 무슨 심경의 변화라도 생겼나. 갑자기 싹 정리를 해둔 모양이었다.

내 손수건이 혹시 있을까 해서 봤는데, 현관 진열장 위에는 아무것도 없었다.

분홍색 체크무늬 손수건은 누가 봐도 권현진의 물건이 아니라 청소중에 헬퍼분이 버린 듯했다. 지율이가 일본 여행 갔다가 사온 선물이라 아끼던 건데, 아쉬웠다.

그렇게 생각하던 나는 권현진에게 조금 미안해졌다. 어쩌면 그애도 찬희의 고등학교 입학을 순수하게 축하해주고 싶었는지도 모른다. 마침 손목에 차고 있던 시계를 덜컥 풀어줬을 만큼 말이다.

권현진은 갓난아기 때 부모님이 교통사고로 돌아가셔서

직계가족이 권 회장 한 명뿐이었다. 그래서인지 찬희를 퍽 친하게 대했다. 순하디순한 찬희는 권현진이 뭐라고 구박해도 '형아, 형아' 하면서 잘만 따라다녔다.

찬희가 권현진을 반가워했던 것처럼, 오랜만에 다시 만났으니 그애도 반가웠을 텐데. 근데 그 시계를…… 깨부순 건 권현진이지만 나도 마음이 불편했다. 성질난다고 그 비싼 시계를 냅다 던져버릴 줄이야.

"그래도 저건 설치했구나."

주방 한쪽에 낯선 정수기가 자리잡고 있었다. 다행이다. 냉장고 안도 조금은 정리가 되어 있었다. 냉동실의 생면도, 콩물도 없어졌다. 시멘트 반죽이니 뭐니 하더니 먹긴 먹었구나. 웃기는 애였다.

오늘 장 여사님이 챙겨준 건 권 회장이 맛있다고 극찬한 조기매운탕이었다. 이건 보자기를 풀지 않고 그대로 냉장고에 넣었다. 머리에 총을 맞지 않는 한 권현진이 매운탕을 먹을 리는 없으니까. 목에 고등어 가시가 걸려서 응급실에 갔던 일은 나도 기억한다. 그 이후로 권현진은 생선이 밥상에 올라오기만 해도 헛구역질을 했다.

이러다 마주치면 어떡하지. 불현듯 두려워진 나는 얼른 권현진의 아파트를 나왔다.

✿

“세상에, 하늘 뿌연 거 봐! 금방 비가 올 것 같네요. 서두릅시다.”

예산 농장에서 가을 채소가 올라왔다. B동 식구들은 앞마당에서 다 같이 채소를 손질했다. 나도 엄마를 도와 열무를 다듬었다.

“실례합니다. 간단히 요기할 것 좀 있을까요.”

김 기사였다. 본가의 수행 기사였기에 다들 아는 사이였다.

“어머, 큰 도련님 오셨나보다.”

엄마가 제일 먼저 앞치마에 손을 훔치고 일어섰다.

“우리 김 기사님, 어쩌다 식사도 못 챙기고 다니신대.”

“이래서 돌쇠도 주인을 잘 만나야 해.”

고용인들이 작게 깔깔거렸다. 사모님과 부사장님이 없는 시간이라 다들 농담을 던질 만큼 여유로웠다.

“그런 소리들 말아. 강 변 왔다 간 거 못 봤어? 회장님이 장손을 얼마나 끔찍이 아끼시는데.”

"그러게, 강 변호사 다녀가고 사모님 뒤집어졌잖아. 골프도 미루시고. 종일 식사도 안 하시고."

"서운하다 시위하시는 거지, 본인 딴에는. 은서랑 승주한테는 안 해주셨는데."

권은서, 권승주는 사모님의 자녀들이다. 성인이 되기 전까지 권 회장과 한 지붕 아래서 살을 부대끼고 살았다. 하지만 권진의 모체이자 핵심이라 할 수 있는 전자의 지분을 성인이 된 후에도 정리해주지 않아서, 권 회장과 부사장 부부는 불편한 관계를 유지했다. 사모님은 대놓고 내색하진 못했지만, 독립을 핑계로 은서, 승주 남매를 한남동에서 내보냈다. 둘째 며느리가 서운함을 표출하자 권 회장은 부사장님 부부를 인내심 없고 얄팍하다고 혼을 냈다. 사모님은 석고대죄하듯 A동 소나무 아래서 종일 무릎을 꿇고 벌을 섰다. 몇 년 전 일이지만 두고두고 회자되는 사건 중 하나였다.

"이번에는 또 어떻게 유언장 변경했는지 그 속을 누가 알겠어. 하여튼 우리 회장님 아주 대단하셔, 여러모로."

듣고 있던 나는 마지막 열무를 끝으로 위생 장갑을 벗었다. 여사님들이 떠드는 얘기는 아무래도 상관없었다.

그애를 마주칠까봐 심장이 다 쿵쿵거렸다. 권현진이 고용인들 거주하는 B동까지 올 리는 없지만 어쨌든 한 울타리 안이었다.

"저 잠시만요."

충동적으로 B동 대문을 나섰다. 사자 우리 같은 이 집의 밖에 있으면 권현진을 마주치지 않으리라는 단순한 계산이 있다. 급하게 뛰어나와 숨을 고르는데, 최 대리가 언덕길을 올라오고 있었다. 해맑은 그의 손에 검은 봉지가 달랑거렸다.

"최 대리님, 사모님 안 나가셨어요?"

"모임 가셨지. 부부 동반."

부사장님 차를 타고 가셨구나. 그래서 최 대리가 집에 남은 것이었다.

"회장님이 갑자기 아이스크림 드시고 싶다고 하셔서. 나희도 하나 먹을래?"

굳이 사양하지 않고 최 대리가 내민 봉지를 뒤적였다.

"엑설런트랑 비비빅은 안 돼."

"네."

그건 회장님 거다. 당연히 나도 알고 있었다. 아맛나, 메로나, 바밤바…… 고용인들 연령대가 높아서 아이스크림이 죄다 그런 거였다. 개중에 나는 메가톤바를 집었다. 껍질 까는 걸 보던 최 대리가 멈칫했다.

"나도 그게 제일 맛있더라. 하나만 먹고 들어가자."

솔거노비 둘은 B동 대문 옆 CCTV 사각지대에 꾸겨져 소소한 일탈을 감행했다. 아이스크림을 빠르게 다 먹어갈 때쯤이었다.

"야."

도로에서 들려온 목소리가 조용한 공기를 갈랐다. 어찌나 놀랐는지 최 대리는 들고 있던 막대마저 떨어뜨리고 헛기침을 했다.

"너네 사귀냐?"

권현진이었다. 그애가 A동 대문을 나와서 이쪽으로 내려오고 있었다. 노타이 정장 차림인 걸 보니 회장님을 뵈러 온 듯했다. 최 대리가 난감하게 웃으며 손사래를 쳤다.

"어휴, 현진아. 무슨 소리야. 나희가 눈이 얼마나 높은데."

"누가 너한테 물어봤어?"

최 대리를 씹어 먹을 기세로 노려보던 권현진이 살벌하게 지껄였다.

"어디서 친한 척이야, 두부같이 생긴 게."

"아하하, 두부…… 그 말은 또 처음 듣네."

최 대리가 괜히 더 크게 웃었다. 저 어색한 웃음을 안다. 나는 상황을 타개하고자 급히 입을 열었다.

"권현진, 너도 아이스크림 하나 줄까?"

하필 왜 이런 말이 튀어나갔을까. 저애가 여덟 살 꼬마애도 아닌데. 후회했지만 이미 뱉은 말이었다.

최 대리를 쏘아보던 시선이 느리게 돌아갔다. 무심한 얼굴로 그애가 나를 응시했다. 혹시 시계를 던져버린 날의 앙금이 남았으려나, 걱정했지만 그날처럼 위협적인 눈빛은 아니었다. 뒤끝이 없어서 다행이다. 내게서 시선을 돌린 그애가 담뱃갑을 만지작거리다 뒷주머니에 넣었다.

"안 먹어."

훨씬 누그러진 말투였다. 용기를 낸 나는 최 대리의 검은 봉지를 뒤적였다.

"그러지 말고 먹어봐."

"너나 실컷 드세요."

"자."

손에 집히는 아이스크림을 얼른 꺼냈다. 또 거절하기 전에 먼저 봉지를 북 찢어서 눈앞에 내밀었다.

"이게 제일 맛있어. 너 이거 먹어."

권현진은 아이스크림을 내민 내 손을 물끄러미 쳐다보았다. 이윽고 그애가 최 대리의 어깨를 퍽 치고 지나갔다.

"비켜."

권현진보다 한 뼘은 작은 최 대리는 비틀거리다가 이때다 싶었는지 B동 안으로 도망갔다. 어느새 권현진은 내 옆자리에 서서 태연하게 아이스크림을 받아들었다. 그런데 봉지에서 나무 막대를 꺼내던 큰 손이 멈칫했다.

"야. 뭐야, 이거……"

쌍쌍바였다. 아니, 난 왜 하필 저걸 골랐지? 당황스러웠지만 아무렇지 않은 척 말했다.

"너 쌍쌍바도 몰라? 이거 두 사람이 나눠 먹으라고 이렇게 생긴 거야."

뭐라 대답 없이 가만히 쳐다보는 시선에 입이 바싹 말랐다.

"반으로 잘라서, 둘이서 각각 하나씩 먹는 거야. 봐, 막대가 두 개잖아."

그러나 쌍쌍바의 난제 앞에서 권현진은 그대로 굳어 있었다. 나는 바지 주머니에 꽂힌 그애의 왼손 소매를 끌어냈다. 권현진은 자의 반, 타의 반으로 막대를 양손에 하나씩 쥐었다.

"반 잘라."

검지로 그애의 왼쪽 손등을 톡톡 쳤는데도 별 반응이 없었다.

"그냥 뚝 자르면 되는데……"

결국 나는 권현진의 왼손에 검지를 걸고 살짝 당겼다. 툭, 하고 쌍쌍바가 부러졌다. 힘이 많이 들어갔는지 왼손에 든 게 그고 오른쪽이 작았다.

"됐지? 그렇게 먹는 거야. 맛있게 먹어."

"야."

이만 B동으로 들어가려고 했는데, 뒤에서 들려온 목소리에 발이 묶였다.

"나 혼자 두 개 들고 처먹으라고?"

문득 나는 바닥을 응시했다. 운동화 앞코에 동그랗게 젖은 자국이 보였다. 돌아보자 권현진의 어깨 위로 빗물이 툭툭 떨어지고 있었다. 가을비였다. 언제부터인지도 모르게 부슬부슬 비가 내리고 있었다. 미련한 권현진은 자기가 비를 맞는 줄도 모르고 물방울만큼 투명한 그 갈색 눈으로 나를 바라보기만 했다.

아무리 불편한 사이라도 저애를 혼자 빗속에 두고 가는 건 마음에 걸렸다. 빗줄기가 잔인하게 몸을 때리는 날도 아니고, 그저 미약한 가랑비일 뿐인데도 이상하게 내키지가 않았다. 추워 보였다. 건장한 몸인데도.

나는 결국 계단을 다시 내려갔다.

"그럼 나랑 나눠 먹든가. 하나는 나 줘."

권현진 옆에 서는 동안 그애 시선이 나를 좇아왔다. 혼자는 먹기 싫다더니, 막상 같이 먹자고 하니까 놀랐나.

"나 하나 달라고, 권현진. 같이 먹어줄게."

한 박자 늦게 그애가 아이스크림의 한쪽을 내밀었다. 작은 거 줘도 되는데, 큰 걸 줬다. 권현진의 안에도 미약한 양심이 아직 살아 있긴 한가보다.

"그래도 네가 완전히 나쁜 애는 아니네."

"뭐래."

권현진은 내게 대문 처마 밑으로 들어가라고 턱짓을 했다. 나는 절레절레 고개를 저었다.

"비 온다고. 모르냐?"

"알아. 근데 여기만 CCTV에서 안 보이는 데야."

"뭐?"

툭 불거진 목울대가 밑으로 떨어졌다가 천천히 올라왔다.

"이나희."

"……"

"안 보이는 데서…… 나랑 뭐하게?"

흔들리는 그애 눈동자에서 거세게 일렁이는 어떤 기대감이 엿보였다. 얘가 사춘기인가? 혼자 별 희한한 망상을 펼치고 있다.

때로는 말보다 눈빛이 강한 법. 나는 그냥 쌍쌍바를 먹으면서 권현진을 빤히 쳐다보았다. 한심한 상상을 들켜 민망한 듯, 그애는 다른 말 없이 나를 안쪽으로 밀어넣었다.

"잘한다. 빗물이나 처맞고."

"너도 비 맞는 중인데."

"난 남자고…… 멍청아."

저런 시비에 일일이 기분 나빠하기에는 쌍쌍바가 너무 달다. 살짝 녹아서 후루룩 삼키기에 딱 좋은 상태였다.

권현진은 아이스크림을 조금 깨작거리다가 입에 안 맞는지 그냥 녹이고만 있었다. 찐득한 초콜릿 액체가 바닥으로 뚝뚝 떨어졌다. 나는 벌써 다 먹었는데……

"안 먹을 거면 버려."

"누가 안 먹는대? 먹을 거야."

그냥 한입에 다 넣어버리지. 별로 크지도 않은 걸 뭘 그렇게 아껴 먹으려고? 내 불만스러운 눈빛을 봤다면 빨리 먹어버리고 말았을 텐데, 안타깝게도 권현진은 고개를 계속 저쪽으로 돌리고 있었다. 귀여운 길고양이라도 있나 했지만 높은 회색 담벼락과 무성하게 늘어진 담쟁이덩굴뿐이었다.

추적추적 내리는 빗소리 때문인가. 늘 차갑기만 하던 도로에서 오늘은 어쩐지 낭만이 느껴졌다. 가을의 끝 무렵이라 밖에서 아이스크림을 먹기에는 날이 조금 쌀쌀했지만.

"추우면 이제 들어가자."

"춥긴 누가 추워?"

드러난 귀가 빨개서 한 말인데 남이 걱정해주는 걸 저렇게 싸가지 없이 받아치는 것도 능력이라면 능력이다.

권현진은 제 어깨가 빗물에 젖어가는 줄도 모르고 담벼락만 쳐다보면서 느적느적 아이스크림을 먹었다. 혼자만 똑똑한 척하면서. 사실은 자기가 대신 비를 다 맞아주는 줄도 모르고…… 멍청이가 대체 누군데.

미련하게 다 젖은 어깨 때문에 나는 진작에 아이스크림을 다 먹고도 권현진 옆을 떠나지 못했다.

수요일은 학교가 일찍 끝나는 날이었다. 수시 합격자들은 면학 분위기를 흐린다고 자율학습도 퇴짜를 맞았다.

"〈디펜더스〉 2탄 나온다는데. 1탄 복습하러 가실?"

기방을 싸고 있는데 김창진이 내 옆자리에 앉으며 물었다.

"나 그거 앞엣것도 안 봤는데. 〈울프맨〉."

"〈울프맨〉 안 봐도 돼. 근데 1탄은 봐야지. 토요일 고?"

토요일은 장 여사의 심부름이 있는 날이다. 나는 고개를 저었다.

"토요일은 안 돼."

"그럼 언제 되심?"

"애들이랑 같이 가는 거 아니야?"

김창진과 지율이를 비롯해서 같이 노는 무리가 있다. 다 같은 중학교에서 올라온 친구들이었다.

"우리집에서 볼 건데, 대여하면 일주일 시간 있으니까."

영화를 일주일은 더 볼 수 있다는 뜻이었다. 나는 고민했다. 콩자반 같은 눈이 떠올랐다. 김창진 집에는 검은색 푸들이 있다.

"짜장이 좀 보고 싶긴 하다……"

"우리 짜장 할매도 너 좋아할걸."

고민하는 사이, 자율학습을 준비하던 지율이가 김창진을 보며 도끼눈을 떴다.

"야, 김창진. 너희 집에 나희만 따로 부르는 거야?"

"지금 잘 보여야지. 그래야 이나희가 B여대 가서 나 소개팅해줄 거 아냐."

"아, 수시! 나도 수시 썼어야 했는데! 아악!"

내신을 말아먹은 지율이가 이마를 감쌌다. 눈치 보던 김창진과 나는 담임이 들어오는 걸 보고 자리에 앉았다.

"아무튼 1탄 보러 올 거면 말해."

"알겠어."

대답은 그렇게 했지만 시간이 나지 않았다. 장 여사가 또 심부름을 맡겼다. 토요일 외에도 수요일까지, 이제는 일주일에 두 번이었다. 심지어 장 여사 본인도 이렇게 자주 가지 않았으면서 갑자기 횟수가 늘었다.

일요일은 손님들도 오시고, 엄마가 세 끼를 다 차려야 해서 그걸 돕느라 나도 바빴다. 그나마 거의 유일하게 쉬는 날이 토요일이었는데 권현진 때문에 빼앗기고 말았다.

심적으로 약간 지친 상태로 나는 문제의 3501호 앞에 도착했다. 여전히 낯설기만한 아파트의 벨을 몇 번 누르고 안으로 들어섰다. 식탁 한가운데에 놓인 주황색 장미가 보였다.

혹시 잘못 본 건가 했는데 진짜 장미였다. 심지어 생화. 정말이지 어울리지 않았다. 이 썰렁한 집과 포악한 집주인에게 한없이 과분했다.

그애가 직접 샀을 리는 없을 테고. 설마, 받았나? 내면은 몰라도 외면은 확실히 이성에게 인기가 많을 스타일이다. 남자도 장미꽃 선물을 받는구나. 신기하기도 하고 기분이 이상했다.

아마…… 데이트도 하고 그러겠지. 받은 지 얼마 안 된 듯 주황색 장미는 싱싱했다. 저런 선물은 쓰레기통에 처넣을 성미 같은데, 그래도 생화라고 물에 꽂아놓은 게 좀 의외였다.

한가하게 남의 연애 사업에 신경 쓸 때가 아니다. 내 할일이나 해야지. 보따리를 풀러 반찬을 냉장고에 채워넣으며 상념을 지웠다.

"케첩은 좀 먹었네."

필수 조미료를 권현진의 집에 구비해뒀다. 냉장고에 넣어둔 케첩은 조금이지만 먹은 흔적이 보였다. 혹시 라면도 먹을까 해서 종류별로 일부러 냉장고에 넣어뒀는데, 며칠째 손도 대지 않았다.

"이건 왜 안 먹지……"

길고양이 밥 챙기는 것도 아니고 이게 뭐하는 짓일까. 스스로 어이가 없지만 시리얼과 우유갑만 덩그러니 놓인 냉장고를 보면 걱정이 되는 게 사람 마음이었다.

그 와중에도 빨래는 매일 하는 건지 오늘도 정체를 알 수 없는 꽃향기가 집안 가득 풍겼다. 소갈비찜을 최대한 잘 보이도록 냉장고 정중앙 자리에 두고, 나는 빠르게 권현진의 집을 나왔다.

"평생을 어둠지옥에서 살지, 낙원에서 살지는 다 마음가짐에 딸린 기다."

등굣길에 어려운 사람을 마주쳤다. 권형도 회장이었다. 산책 겸 정원을 가끔 돌아보는데, 오늘이 하필 그날인 듯했다. 뒤로 수행 비서와 사모님, 장 여사가 보였다.

"남의 눈에 눈물 나게 하는 놈은 언젠가 지 눈에는 피눈물을 흘리는 기라."

회장이 뒷짐을 진 채로 향나무를 올려다보았다.

"승필이. 받아 적었나."

"예, 회장님."

10여 년 전 회장은 대필 작가를 통해 자서전을 출간했다. 그게 베스트셀러에 오르면서 갑자기 생활한복만 입고 다니며 문인 흉내를 내기 시작했다. 이상한 책을 몇 권 더 냈다가 대중에게 욕먹고 주춤하는 듯했으나, 뜬금없이 명언을 내뱉는 버릇은 여전했다. 나는 꾸벅 고개를 숙이고 회장이 지나갈 때를 기다렸다.

"저 강새이 누고."

운이 나빴다. 회장의 관심이 향나무에서 교복을 입고 있는 내게로 옮겨왔다.

"이 실장 딸입니다, 회장님."

"이 실장 딸?"

권형도 회장은 어릴 때부터 안 해본 일이 없다고 했다. 방물장수였던 부친을 따라 운명처럼 피난을 오게 되었고, 작은 공장을 인수해서 오늘날의 권진 그룹을 만들었다. 그래서인지 권 회장의 사투리는 전국 팔도의 총 집합체였다. 추리하듯 알아들어야 했다.

“예, 우리 이 실장네 모녀 아시죠, 회장님. 회장님이 이 실장 음식 좋아하시잖아요. 나희야, 이리 와서 회장님한테 인사드려.”

차미영이 살갑게 웃으며 나를 가리켰다. 가족들은 보통 고용인한테 별 관심이 없었다. 그건 회장님도 마찬가지였다. 어릴 때 이 집에 들어오면서 엄마를 따라 회장님께 통성명을 하긴 했지만 그 이후로는 처음이었다.

“이나희입니다, 회장님.”

최 대리처럼 꾸벅, 깊이 고개를 숙였다. 그러자 회장님이 장 여사를 돌아보며 물었다.

“이 실장 딸도 이씨가.”

“우리 이 실장이 애들을 혼자 키웠잖아요. 아버지도 없이 남매가 참 성실하게 잘 컸어요. 공부도 잘하고.”

장 여사에 이어서 사모님이 덧붙였다.

“이 실장은 뭘 먹고 이렇게 이쁜 딸내미를 낳았나 몰라. 나희가 이번에 B여대 붙었다고 했나? 무슨 전공이라고 했지? 건축과?”

“네.”

'B여대'라는 얘기를 듣고 권 회장은 말없이 나를 주시했다. 뙤약볕 같은 시선이 불편해서 절로 목이 탔다. 한참의 침묵 끝에 회장님이 입을 열었다.

"승필아, 내 지갑 갖고 온나."

"예, 회장님."

수행 비서에게 지갑을 건네받은 회장은 10만 원권 수표를 몇 장 꺼냈다.

"받아라. 니 고와서 주는 기다."

"나희야. 감사합니다, 하고 얼른 받아야지. 회장님이 너 공부도 잘하고 기특하다고 주시는 용돈이야."

"감사합니다."

"발에 땀나게 살아라. 하늘이 알아준다. 알았나."

"네."

"어매 말 잘 듣고. 공부 열심히 해라."

"네. 감사합니다, 회장님."

벌받는 학생처럼 조용히 서 있자 마침내 권 회장이 내 앞을 지나갔다. 느적느적 정원을 걷다 말고 연못을 돌아보며 읊었다.

"중우가 많으면 집을 무너뜨린다 캤다. 승필아."

"받아 적었습니다, 회장님."

권 회장 일행이 점점 멀어지자 안도의 한숨이 저절로 나왔다. 긴장했는지 목뒤에 식은땀마저 맺혔다.

"회장님, 장 여사 이만 가봐야 된대요. 큰 도련님 반찬 갖다주는 날이라서요."

그러면서 사모님이 슬쩍 내 쪽을 쳐다봤다.

"장 여사. 늘그막에 니도 욕 본다."

"어유, 제가 하는 게 뭐 있나요. 다 사모님이 챙기시는 거지요. 사모님이 큰 도련님을 얼마나 생각해주시는지 몰라요. 큰 도련님을 친아들처럼 챙겨주는 사람 우리 사모님밖에 안 계셔요."

"현진이가 맛있게 먹었다드나."

"그럼요, 회장님도 좋아하시는 건데요. 이 실장한테 오늘 조기매운탕 다시 올리라고 할까요?"

뒤에서 들려오는 카랑카랑한 목소리에 가슴이 답답해졌다. 나는 도망치듯 학교로 향했다.

권 회장에게 받은 용돈은 서랍에 고이 넣어두었다. 기십만 원이나 되는 큰돈을 받았는데도 찜찜했다.

나를 보자마자 사모님과 장 여사가 나란히 반색하던 그 반응이 좀 이상했다. 왜 굳이 나를 회장님께 인사시켰을까? 심지어 사모님은 우리 엄마를 별로 좋아하지도 않는다.

권 회장은 자주 사고를 치는 권영무와 한때는 의절까지 했다. 그러다 장남 부부가 교통사고로 세상을 떠나고, 차남 권영무는 그룹에 복권되었다. 차미영도 그때 한남동으로 들어왔다. 그래서인지 자신이 본가에 오기 전부터 일하던 고용인들을 매우 싫어했다. 예를 들면 우리 엄마 이 실장이나, 떠난 수행 기사 박씨 부부. 능구렁이 같은 장 여사만 예외였다.

"강아지, 왔어?"

반찬을 챙기러 A동 주방에 들어서자 엄마가 아는 체했다. 다들 모여 앉아서 만두를 빚고 있었다. 이북식 만둣국을 좋아하는 권 회장 때문에 만두 빚기는 월간 행사나 다름없었다.

"잠깐 솥 좀 봐주세요. 뚜껑 들썩이면 거품만 살짝 걷어내시고요."

"네, 실장님."

장 여사가 싸놓은 반찬 꾸러미를 들고, 나는 엄마와 별관동으로 향했다. 본관 건물을 빙 둘러서 가는 길이라 종종걸음으로도 꽤 시간이 걸리는 거리였다.

"큰 도련님 밥은 잘 먹고 사는지 모르겠다. 본가 음식 입에 안 맞을 텐데."

"콩국수는 먹던데."

"큰 도련님이 그걸 먹니?"

"잘 먹던데."

"두유도 비리다고 싫어했던 것 같은데……"

15년 넘는 세월 동안 한남동에서 권 회장 일가의 음식을 책임진 엄마는 권현진의 입맛도 잘 알았다.

"큰 도련님 얼마나 반찬 투정이 심했는지 몰라."

"어릴 때부터 편식 심했어?"

"편식이라기보다는……"

권현진은 옆에서 한입씩 떠먹여주고 숟가락에 반찬을 올려줘야 밥을 먹었단다. 그러니까, 사람의 손을 타고 싶어서 신경질을 부리는 아이였다.

"……애정결핍, 같은 거지."

누군가는 그애를 돌봐줬어야 했다. 하지만 차미영의 눈치를 보느라 아무도 그러지 못했다. 설상가상 권현진은 낯을 많이 가렸다. 계속 바뀌는 보모는 잘 따르지 않았고, 장 여사만 따랐다. 하지만 장 여사도 어느 순간부터 권 회장이 보는 앞에서만 권현진을 챙기기 시작했다.

초등학교에 들어가서는 밥도, 물도 안 마신다고 학교에서 전화가 왔다. 등교 거부가 심해서 권현진이 하교할 때까지 장 여사가 교실 복도에서 기다리는 게 일상이었다.

나는 그애가 한국을 떠나던 날을 기억한다. 유난히 더웠던 여름이었다. 권 회장은 사자는 새끼를 강하게 길러야 하는 법이라며 초등학교도 제대로 적응하지 못한 장손을 유학 보냈다. 차미영의 권유도 있었지만, 사실 회장이 더는 장손을 견디지 못했다. '반응성애착장애'라는 진단명이 나온 뒤였다.

"나희야, 그 집 드나든다고 큰 도련님이랑 친하게 지내진 말고, 응? 엄마 걱정돼. 장 여사님은 왜 자꾸 너한테만 그런 걸 시키는지."

장 여사 앞에선 심부름 다녀오라고 내 등을 떠밀던 엄마였다. 단둘이 있게 되자 은근한 본심을 내비쳤다.

"나 개 마주칠 일도 없어. 헬스장에서 산대."

"그렇다곤 하더라."

고용인들이 쓰는 B동 냉장고에서 엄마는 따로 빼둔 반찬을 꺼냈다. 깍두기였다.

"이것도 가져가. 여름 무로 담근 거라 맛있어. 회장님도 잘 드셔서 젓갈 안 넣고 새로 담근 거야. 육젓만 조금 넣고."

"엄마는 왜 이런 걸 해. 외국생활만 하던 애가 깍두기 같은 걸 좋아하겠어?"

김치를 따로 담가줄 정도로 권현진을 신경썼다는 사실에 나는 삐딱해졌다. 그래 봤자 고스란히 버리게 될 텐데. 그걸 모르지도 않으면서.

"회장님도 부사장님도 다들 입맛은 좋으시잖아. 그 핏줄 어디 가겠니."

음식을 하는 건 엄마지만, 권현진에게 보낼 반찬을 싸는 사람은 장 여사였다. 청국장, 민어찜 같은 걸 보내는 장 여사는 확실히 개심보였다. 혹시 그애가 어떤 음식을 싫어했는지 잊은 걸까? 그렇다면 내 오해겠지만, 장 여사가 얼마나 머리를 잘 굴리는 사람인가.

"엄마는 옛날부터 큰 도련님 너무 짠했어. 밖에서 맨날 혼자 노는 것도 가엾고. 어린 게 맘 붙일 데가 없어서……"

다들 만두를 빚느라 B동에는 우리뿐이었다. 그래서인지 엄마의 걱정어린 잔소리가 길어졌다.

"그 핏덩이를 두고 사장님, 사모님 저승길 어떻게 가셨나 몰라. 엄마는 너랑 찬희 두고는 죽지도 못할 거야."

"엄마는 무슨 그런 소리를 해."

"막발로 찬희는 너라도 있지. 큰 도련님은 외동이라 아무도 없잖아. 이럴 때 윤 부장님이라도 서울에 계셨으면 좋을 텐데."

"그게 누군데?"

"있어. 옛날 사장님 친구."

얼핏 들어본 것 같다. 윤 부장. 가만히 그 이름을 떠올리는데 엄마가 목소리를 낮췄다.

"본인 핏줄들하고는 사주가 안 맞는다고 회장님이 안 좋아하셨어. 그래서 사장님도 돌아가셨다고."

그놈의 사주 타령. 권 회장은 사주를 집안보다 더 중요시하는 사람이었다.

"윤 부장은 무슨 윤 부장. 다 본인 업이지. 뭐 낀 놈이 성낸다고 하여튼…… 어휴."

돌아가신 사장님 생각에 심란한 듯 엄마가 한숨을 내쉬

었다.

"현진이 밥 잘 챙겨 먹고 다니라고 해, 나희야."

엄마의 당부를 듣고 아파트로 가는데 마음이 괜히 싱숭생숭했다.

가족이 없는 권현진.

밥 먹었냐고 물어봐줄 사람 한 명 없는 권현진.

혼자인 권현진……

군중 속의 고독이란 말이 바로 그애를 가리키는 게 아닌가 싶었다. 묻지도 않고 남의 외로움을 짐작하고, 일방적으로 동정하는 시혜적인 태도를 갖고 싶진 않았다. 하지만 엄마의 심상찮은 표정과 목소리가 영 마음에 걸렸다.

나는 어릴 때부터 시끄럽고 폭력적인 권현진을 본능적으로 멀리했다. 종종 찬희에게 '형아가 사줬어, 형아가 만들어줬어' 하는 이야기를 전해듣긴 했지만 먼발치에서 본 권현진은 늘 뭔가를 부수고 있었다. 그런 장손을 말리느라 보모들은 어쩔 줄 몰라 했다. 권 회장이나 부사장이 그 모습을 목격

하는 날에는 꼭 큰소리가 났다.

남의 집에서 눈치 보며 사느라 일찍 철든 바람에 나는 늘 숨죽이고 지냈다. 그런 내 신발주머니를 가져가거나, 머리에 비눗방울 총을 쏘아대고, 파충류 장난감을 눈앞에 들이미는 권현진은 아무리 나보다 어린애라도 참을 수 없었다.

나는 그애가 B동 부엌을 어슬렁거리면 절대 밖으로 나가지 않았다. 찬희가 '누나, 나와봐! 누나!' 하고 불러도 마찬가지였다. 영악한 권현진이 내 동생을 앞잡이 삼아서 꼬시는 걸 진작 알고 있었으니까.

상념에 빠져 있던 그때, 엘리베이터 문이 열렸다. 35층에 도착하자마자 진한 꽃향기가 코끝으로 확 번져왔다. 이쯤 되니 이 아파트가 권현진의 섬유유연제에 아예 절여진 게 아닌가 싶었다.

다행히 이 시간에는 그애가 없다. 반찬 보따리를 옆에 내려놓고, 나는 예의상 3501호의 벨을 눌렀다. 지루한 세 번의 벨소리가 지나가길 기다렸다가 가방을 뒤적였다. 카드 키를 찾고 있던 그때였다. 삐리릭, 문이 저절로 열렸다. 놀라서 번쩍 고개를 들었다.

"이제 오냐?"

한 손으로 벽을 짚고 현관문을 연 권현진이 삐뚜름한 미소를 걸친 채 나를 내려다보고 있었다.

방금 샤워를 했는지 권현진의 머리카락이 조금 젖어 있었다. 그애가 숨을 내쉴 때마다 머스크 향의 보디 워시 냄새와 옅은 물비린내가 동시에 풍겼다.

"일어나자마자 헬스장…… 간다고 들었는데."

"나 매일 6시에 일어나."

"9시에 나간다고……"

당황한 나머지 무슨 소리를 하는지도 모르고 더듬거렸다.

"9시에 문 여니까 그 시간에 가는 거지. 야, 됐고."

"……"

"거기 서서 뭐하는데. 들어와."

현관 앞에 망부석처럼 서 있던 나는 저릿저릿한 팔을 주무르며 미적거렸다.

"왜. 나 있어서…… 들어오기도 싫냐?"

톤이 묘하게 낮아졌다. 신경쓰는 듯한 그 반응에 나야말로 당황했다.

"아니, 그, 주인 있는 집에 마음대로 들어가기가 좀 그래서. 들어가도 돼?"

"장난하냐. 나 없을 땐 잘만 드나들었으면서."

"어떻게 알았어?"

"어떻게 모르냐? 내 집인데."

멋쩍어진 나는 옆에 둔 반찬 보따리를 들었다. 그런데 순식간에 손이 가벼워졌다. 당연한 듯이 내 짐을 뺏어간 권현진이 안을 향해 고갯짓했다.

"들어와, 이나희."

믿기지 않는 친절이었다. 굳이 사양하지 않았다. 저 무거운 반찬 보따리를 들고 오느라 팔이 떨어져나갈 것만 같았다.

어색하게 집주인의 뒤를 따라 걷는데, 권현진 때문에 시야가 다 가려졌다. 흰 티셔츠를 입고 있어서인지 안 그래도 넓은 등이 거의 문짝만했다. 한 손에 들려 있는 보따리는 심지어 작고 가벼워 보이기까지 한다. 난 거의 끌어안고 오다시피 한 건데.

운동선수를 했다면 아주 국위선양을 했을 텐데, 저애는 어쩌다 재벌가에 태어났을까. 정원에서 매일 공을 차던 권현진은 넘어져서 무릎을 갈아버린 뒤로 축구를 금지당했다. 그 이후로는 권 회장의 지시로 집 어디에서도 공을 볼 수 없었다.

너무 귀한 집에서 태어나 귀하게 크는 바람에 자신이 좋아하는 것조차 마음대로 할 수 없는 애였다. 비극이라면 비극이다.

오늘도 권현진의 식탁 한가운데는 어울리지 않는 꽃이 놓여 있었다. 주황색 장미 외에도 여러 꽃이 섞인 화려한 다발이었다. 저애가 사용하는 감미로운 꽃향기의 섬유유연제도 그렇지만, 깨끗하게 치워진 공간은 더욱 낯설게 느껴졌다. 권현진의 집은 본인과 어울리지 않는 것투성이였다.

"이건 또 뭔데."

"코다리조림."

"그게 뭔데."

"생선……"

눈치 보던 나는 도망갈 타이밍을 찾았다. 금색 보자기를 정리하고 슬슬 입을 떼려는데, 권현진이 식탁을 향해 고갯짓했다.

"뭐해? 밥 차려."

어이가 없어서 순간 말문이 막혔다. 그런 내 반응이 도리어 어처구니없다는 듯, 권현진이 삐딱하게 되물었다.

“그럼 내가 차려먹냐?”

잠깐이나마 저애를 안쓰러워했던 내가 바보다. 싸가지라곤 찾아볼 수 없는 저 행실 때문에 장 여사도 마음이 떴나보다.

“너희 집에 밥통도 없잖아.”

“있어.”

“있다고? 어디……?”

권현진은 대답 대신 내 머리 위 찬장으로 손을 가져갔다. 전기압력밥솥이 정말 있었다.

그걸 꺼내는 하얀 티셔츠 소매 아래로 단단한 팔근육이 선명하게 내비쳤다. 보면 안 되는 걸 훔쳐본 기분이 들어서 나는 얼른 시선을 아래로 내렸다.

“쌀…… 없잖아.”

“사오면 되지.”

아니, 밥을 해먹을 의향이 있으면 진작 해먹든가. 여태 안 먹어놓고는 왜 이제 와서 밥을 차려달래. 내가 밥순이야?

열받지만 엄마의 딸인 게 잘못이었다. ‘이 실장’의 딸인 나는 저애한테 주방 찬모 정도로 느껴지는 모양이다.

“그럼 가서 쌀 사와. 밥해줄게.”

"어디서 파는데."

"밑에 마트 있잖아. 너 몰랐어?"

"모르겠는데."

"그걸 어떻게 몰라? 아파트에서 지하철역으로 가는."

설명하려다 깨달았다. 권현진은 본인 전용 수행 기사님이 항시 대기하고 있다. 인천공항에 내려서부터 지금까지 대중교통을 이용해본 경험이 없을 것이다. 당연히 지하철역으로 갈 일도 없었다.

"어딘지 알면 네가 같이 가주든가, 이나희."

권현진은 내 침묵을 긍정으로 받아들였다.

"옷 갈아입고 나온다."

이미 외출복처럼 깔끔한 차림인데 굳이 옷을 갈아입겠다고. 얘가 거칠어도 가만 보면 곱게 자란 티가 난다. 확실히 도련님은 도련님이었다.

비닐조차 떼지 않은 밥통과, 밥통보다 더 답답한 애 때문에 소중한 내 토요일이 날아가고 있었다.

대단지 고급 아파트라 그런지 입주해 있는 마트도 프리미엄 푸드 마켓이었다. 신선식품 종류도 다양했고 규모가 꽤 컸다. 심지어는 시식 행사까지 있었다.

권현진은 눈에 띄게 장신인데다가 이목구비마저 화려해서 사람들 사이를 지나갈 때마다 시선을 끌었다. 특히 아주머니들한테 인기가 많아서 이것도 먹어봐라, 저것도 맛봐라, 여기저기서 권유당했다.

"혹시 탤런트예요?"

"아닌데요."

"주책이야. 어제 드라마에서 본 것 같아서 그래."

"키도 큰데 얼굴은 어쩜 저렇게 작대. 떡갈비도 먹어봐요."

아주머니가 깔깔 웃으며 더 먹으라고 시식을 권했다. 좋아하실 만도 했다. 권현진의 시식은 곧장 구매로 이어졌다. 메밀만두와 마늘 떡갈비, 그것도 모자라 초밥용 유부까지 샀다.

밥도 지을 줄 모르는 애가 대체 초밥용 유부를 왜 사는데? 어이가 없어서 쳐다보자 권현진이 내 쪽으로 몸을 숙이며 속삭였다.

"야. 탤런트가 뭐야?"

"배우나 연예인 같은 거."

"아."

"권현진. 너 이제 그만 좀 사. 이거 어떻게 해먹는지나 알아?"

"네가 알려주면 되잖아."

이 파렴치한 작태에 나는 그만 할말을 잊었다. 그때 옥신각신하는 우리를 보던 아주머니가 흐뭇하게 말했다.

"새신랑이 너무 잘생겼다. 듬직하고."

하필이면 나와 비슷한 색깔로 착장을 하고 나와서 자꾸 저런 소리를 들었다.

"감사합니다."

뻔뻔하게도 권현진은 매번 저따위로 대답했다. 일행이 아닌 척, 나는 일부러 몇 발자국 뒤에서 걸었다.

권현진의 장보기는 끝난 게 아니었다. 얼마 지나지 않아서 바구니에 물건이 산더미처럼 쌓였다. 기가 찼다. 아직 쌀 코너까지 가지도 못했는데 카트에 더 실을 공간이 없었다.

"젊은 부부가 진짜 선남선녀시다. 일찍 결혼하셨나봐."

수산 코너의 여사님이 웃으며 말을 걸자 느긋하게 지나가던 권현진이 그 앞에서 멈췄다.

"이거 맛있어요?"

"그럼요, 가을에는 대하 먹어야지. 한 팩 드릴까?"

권현진은 제철 별미라는 대하를 심각하게 들여다보다 카트로 가져갔다. 라면도 못 끓여먹는 애가 새우는 무슨 얼어 죽을 새우? 그때 옆에 있던 아르바이트생이 권현진에게 맥주를 권했다.

"로제 비어 시음 행사중입니다. 한번 맛보세요."

"안 돼요, 얘 미성년자예요!"

식겁해서 저지하자 놀란 아르바이트생이 권현진을 다시 쳐다봤다.

"네?"

물 빠진 청바지에 머스터드색 니트를 걸친 그애는 대학생으로나 보였지, 확실히 고등학생 같진 않았다.

"지는 아닌 척하네."

권현진이 코웃음을 치며 얼빠진 아르바이트생과 내 앞을 유유히 지나갔다. 결국 제일 마지막에 들른 곳이 쌀 코너였다. 나는 '씻어나온 쌀 300g'을 집었다. 아무래도 이런 게 저애한테는 편할 것 같았다. 과연 밥을 해먹기나 할지 의문이지만.

카트에 쌀을 담으려 옆을 돌아본 나는 식겁했다. 권현진이 20kg짜리를 어깨에 메고 있었다.

“너 미쳤어?”

그런 건 4인 가족용이라고, 작은 걸 사라고, 아무리 회유해도 듣는 시늉도 안 했다. 손이 커도 너무 컸다. 차라리 빨리 마트를 나가는 게 나을 것 같았다.

“이거 다 어떻게 들고 가려고?”

“너한테 들라고 안 해.”

계산할 때 보니 다행히 배달이 된다고 했다. 몸을 수그린 그애가 사인하고, 카드를 집어넣는 사이에 나는 주소지를 적으려고 했다.

“이거 배달시키려고 하는데요.”

“몇 동 몇 호세요? 여기 주소 적어주시면…… 지금 다 가져가시는데?”

진짜였다. 권현진이 혼자 그 많은 짐을 들고서 마트를 나갔다. 에스컬레이터 앞에 선 그애가 날 재촉했다.

“빨리 와, 이나희. 배고프다.”

짐을 다 들겠다고 말한 것도 권현진이고, 심지어 무거워 보이지도 않았다. 하지만 같이 걷는 일행이 짐을 주렁주렁

들고 어깨에 쌀 포대까지 메고 있는데, 나 혼자만 옆에서 빈 손으로 가기가 민망했다.

"하나만 들어줄게……"

"됐어. 치워."

퉁명스러운 대답에 내심 안도했다. 대부분이 냉장, 냉동식품이라 엄청 무거웠다. 진짜로 들라고 하면 개고생할 게 뻔했다.

그래, 밥을 해주자. 그러면 내 몫을 한 거지. 누가 저렇게 많이 사자고 했어? 쌀도 무식하게 한 포대를 들고 가는 애가 어딨어. 자업자득이지. 넓은 상가를 빠져나가는데, 휘적휘적 앞서가던 권현진이 문득 멈췄다. 시선이 벽에 꽂혀 있었다.

"뭘 그렇게 봐?"

며칠 전 김창진이 말했던 할리우드 액션영화의 포스터였다.

"아, 〈디펜더스〉 2탄. 이거 벌써 나왔나보네."

외계인에 맞서 지구를 수호하는 내용의 시리즈물이라 사람들의 관심도가 높았다.

"아니구나. 다음주 개봉이네."

김창진도 입만 열면 〈디펜더스〉 시리즈를 복습하자 난리고, 하도 광고가 자주 보여서 이미 나온 줄 알았다.

"가자."

나는 연계된 영화를 전부 놓쳤기 때문에 별로 미련이 없었다.

"집에 안 가? 너 배고프다며."

재촉하는데도 권현진은 그 포스터에 빨려 들어간 듯 꼼짝도 안 했다. 무거운 짐을 바리바리 든 채로 말이다. 그 눈빛이 어찌나 간절한지 파티장 앞의 성냥팔이 소녀 같았다.

"너 혹시 〈디펜더스 2〉 보고 싶어서 그래?"

"누가 보고 싶대?"

뒤늦게 쏘아붙인 그애가 휙 몸을 돌렸다.

"관심 없어. 저딴 유치한 영화."

저런 반응이 영화관에 데려가달라는 말보다 더 무서웠다.

청개구리 권현진. 저애는 뭔가 좋은 게 있으면 일부러 더 싫은 척한다. 진짜 싫은 건 아예 관심도 없으면서.

"초딩이냐? 저딴 걸 누가 보고 싶다고……"

표를 예매해주든가 해야지, 애가 짠해서 안 되겠다.

“체력 거지 같네, 이나희.”

“……”

내가 짐을 들고 온 것도 아닌데, 아파트에 도착하자마자 지쳐버렸다.

“너도 운동 좀 하지?”

빈정거리는데도 반박할 수 없었다. 내가 식탁 위에 엎드려 있는 동안 놀랍게도 권현진은 사온 물건들을 냉장고에 차곡차곡 정리했다. 나는 괜히 눈치가 보여서 비척비척 몸을 일으켰다. 그런데 내 옆에 에너지바와 딸기우유가 놓여 있었다.

설마 초콜릿 에너지바를 여기 둔 것은 나 먹으라는 친절인가? 눈이 저절로 확 떠졌다. 안 그래도 단 게 엄청나게 당겼다. 생리할 때가 며칠 안 남아서 딱 그럴 시기였다. 자석에 이끌리듯 손이 저절로 에너지바를 집었다.

“현진아.”

작게 이름을 부르자 냉장고를 정리하던 손이 딱 멈췄다. 한 박자 늦게 그애가 굳은 얼굴로 나를 돌아봤다.

“지금…… 혹시 불렀냐?”

"응. 나 이거 먹어도 돼?"

"……먹어."

무슨 이유에선지 권현진은 얼빠진 눈이었다. 그러거나 말거나 나는 포장지를 뜯느라 바빴다. 초콜릿으로 코팅된 에너지바를 먹자 좀 살 것 같았다. 완벽하게 달짝지근한 초콜릿 맛은 아니고 약간 텁텁했다. 영어로 써 있는 영양성분 가운데 단백질만 알아볼 수 있었다.

"어디서 샀어?"

"밴딩머신."

"헬스장 자판기 말하는 거지? 고마워."

단백질바를 먹다보니 목이 컥컥 막혔다. 나도 모르게 딸기우유를 만지작거렸다.

"혹시 딸기우유도 마셔도 돼?"

"마셔."

〈디펜더스 2〉를 진짜로 예매해줘야겠다. 저애한테 뭘 얻어먹을 거라는 기대가 없어서인지 단백질바와 딸기우유 하나에도 엄청나게 고마웠다.

맨날 헬스장 간다더니 자판기에서 이런 것도 사먹는구나. 문득 궁금해졌다. 열여덟이면 한창 진로를 고민할 시기였다.

"너 키가 몇이야?"

"6`2."

Six feet two, 지금 그렇게 말한 건가.

"지금 더 컸을걸. 작년에 잰 거라."

나는 조용히 핸드폰 계산기를 열었다. 저게 정확히 몇 센티인지 몰래 확인했다.

189에 가깝구나. 더 컸다는 걸 보니 지금은 190은 될 것 같았다. 그럴 만했다. 저애는 냉장고보다 컸다. 나하고는 대략 30센티미터 차이였다.

"너 혹시 보디빌딩 선수, 모델, 뭐 그런 거 하려고 헬스장 다니는 거야?"

순간 권현진이 무슨 헛소리냐는 듯이 나를 돌아보았다. 나도 모르게 움찔했다.

"아니, 그냥. 헬스 열심히 다니길래. 아님 말고……"

민망해진 나는 쓰레기를 정리하고 자리에서 일어났다. 밥을 차려주기로 했으니, 이제 딸기우유 값을 해야 했다.

"우리 햄버거 배달시켜 먹을래?"

한남동에선 마음대로 배달을 못 시켜 먹기 때문에 외식할 땐 패스트푸드가 먹고 싶었다. 나는 새우버거 세트와 몬스터 와퍼 세 개, 치킨 너겟을 시켰다. 새우버거만 내 거고 나머지는 권현진 거였다.

저 나이대 남자애들 먹성이 얼마나 좋은지 안다. 찬희도 중학생 때부터 햄버거를 두 개씩은 먹었다. 하물며 저애는 찬희보다 훨씬 컸다. 아니나 다를까, 권현진은 소스도 안 흘리고 와퍼를 깨끗이 다 먹어치웠다. 나는 중앙에 있던 감자튀김과 치킨 너겟까지 전부 그애 앞으로 밀어주었다. 권현진의 콜라에서 얼음이 달그락거리는 소리가 났다. 내 건 반 이상 남아 있었다.

"콜라 다 먹었냐."

"응."

"그럼 나 마신다."

"잠깐만, 새 컵에 따라줄게."

유리컵을 가지러 일어나는데, 식탁 너머에서 긴 팔이 뻗어왔다. 권현진은 아무렇지 않게 내 걸 가져가더니 콜라를 쭉 빨았다.

당황한 나머지 권현진의 볼이 홀쭉해지는 걸 멍하게 바라만 보고 있었다. 순간 얼굴이 확 달아올랐다.

"왜."

"너…… 너 그거, 내 빨대……"

"근데."

권현진은 당황한 나를 빤히 쳐다보면서 빨대를 쪽쪽 빨았다. 더는 나올 게 없어서 듣기 싫은 소리가 나는데도 나 들으란 듯 그 짓을 멈추지 않았다.

귀까지 열이 확 몰렸다. 먹을 때 쩝쩝거리지도 않는 애가 저러니 기분이 더 이상했다.

"안 돼?"

뭐가 문제인지 모르겠다는 듯한 태도였다.

"나 줬잖아. 어떻게 마시든 무슨 상관이야?"

어쩌면 별거 아닌 일일 수도 있다. 하지만 저애가 권현진이기 때문에 별일이었다. 남의 수저를 쓰거나, 남이 먹었던 걸 먹거나, 그런 건 회장님 저택에서는 있을 수가 없는 일이었다. 특히 권씨 가족들은 결벽에 가까울 정도로 깔끔을 떨었다. 고용인들은 개인위생에 각별하게 신경쓰는 게 몸에 밴

습관이었다.

그런데 심지어 빨대를?

내가 먹던 걸 그대로 먹는다고?

“하지 마!”

“뭘 하지 마.”

컵을 뺏으려 했지만, 나보다 훨씬 키가 큰 권현진은 쉽게 콜라를 사수했다. 까치발을 하고 팔을 뻗는, 유치한 참극을 벌였는데도 상대가 되지 않았다.

“다 마셨잖아, 내놔!”

“줬으면 끝이지. 뭘 내놔.”

나만 난리가 났고 권현진은 유유자적했다. 심지어 뚜껑을 열고 내 얼음까지 다 털어먹었다.

우드득, 우드득. 한쪽 입가를 삐뚜름하게 올린 채로 나를 뚫어져라 쳐다보면서 얼음을 씹어먹는데, 무슨 악당 같았다.

“이나희 얼굴 완전 빨개졌네. 좀 볼만하다?”

권현진은 진짜 미친 것 같았다. 씩씩거릴수록 걔가 더 좋아하는 꼴이 되었다. 나는 식탁에 앉아 이마를 감쌌다. 다리에 힘이 다 풀려서 더는 열을 낼 기운도 없었다.

“잘 먹었다, 이나희.”

배달만 내가 시켰고 돈은 저애가 냈다. 문밖에서 햄버거를 받아온 것도 권현진이었다.

"콜라가 제일 맛있네. 입에 달라붙는다, 아주."

"너 진짜 또라이야?"

듣다못해 그런 말이 나왔다. 뭐가 우스운지 권현진은 파들거리는 날 보면서 키득거렸다. 빨리 이 아파트를 나가는 게 내 정신 건강에 이로울 것 같았다. 다행히 권현진이 알아서 쓰레기를 싹 정리했고, 나는 그사이에 겉옷을 챙겼다.

"야, 밥 차리고 가."

"……지금 점심 먹었잖아."

"저녁은 안 먹냐?"

정말이지 싹수가 노랗다못해 썩어 문드러진 애였다. 저런 권현진한테 햄버거를 시켜주고 〈디펜더스 2〉를 예매해주려고 했다니. 잠깐 뭐에 홀렸던 것 같다.

제3장

불시에 이토록 다정한

어느덧 가을의 끝물이었다. 알면 알수록 놀라운 권현진이지만 한 가지 더 놀라운 점은 그애가 여자친구와 순항중이라는 것이다. 내가 갈 때마다 아파트에는 주황색 장미꽃이 있었다. 상태가 늘 싱싱했고 꽃의 조합이 바뀌는 걸 보니 거의 매일 꽃다발을 받는 모양이었다.

그 여자친구의 경이로운 인내심과 애정이 믿기지 않았다. 저런 성격을 대체 어떻게 견디는 걸까. 인성은 아예 안 보는 건가? 얼굴이 사람의 전부가 아닌데……

한편으로는 더욱더 권현진의 집에 들어가기가 꺼려졌다. 이러다 여자친구와 마주치기라도 하면? 그럼 난 뭐라고 말해야 하지? 본가 회장님댁 식모의 딸인데 그냥 심부름을 온 거다, 그렇게 변명해야 하나. 이런 고민도 껄끄럽고 비참했다.

권현진을 계속 마주치는 것도 불편했다. 밥하는 법을 알려달라, 뭐가 필요하니 사러 가자, 가전제품 설치를 도와달라. 갈수록 요구가 많아져서 이상하게 그애의 집에서 머무는 시간이 점점 길어졌다. 항시 대기 상태인 김 기사님을 시키라고 해도 들은 척도 안 했다.

나가서 데이트나 할 것이지, 왜 갑자기 TV를 사고 와이파이를 달겠다는 건지. 여자친구 있는 애랑 단둘이 집에 있는 것도 부담이 컸다. 남의 것을 훔치는 기분이랄까.

결국 나는 불규칙적으로 방문 날짜와 시간을 바꿨다. 그랬더니 부딪치는 횟수가 확 줄었다.

“여사님, 저도 이제 자취 준비를 해야 해서요. 큰 도련님 집에는 알아서 갈게요.”

내가 가능한 시간에 반찬을 직접 챙겨서 심부름을 가겠다고 말하자, 장 여사는 눈에 띄게 좋아했다.

“나희야, 진작 좀 그러지! 큰 도련님한테 반찬 자주 갖다줘, 응?”

혹시 불쾌해할까봐 걱정했는데, 장 여사는 그런 기색이 조금도 없었다. 아예 최 대리한테 입주민 출입 카드를 받아오더니 갖고 있으라고 나에게 건넸다.

"매번 최 대리한테 받아가는 거 번거롭잖아. 네가 잘 보관해둬, 알았지?"

"네, 여사님."

어차피 나는 그애의 아파트 카드 키를 B동에 두고 다녔다. 최 대리의 손에 있거나 B동 창고 서랍에 있거나 그게 그거였다.

"역시 또래라서 통하는 게 있나봐. 너한테 심부름시키길 정말 잘했다, 나희야. 옆에서 우리 큰 도련님 잘 챙겨줘, 외롭지 않게. 응?"

장 여사는 내가 권현진과 친구 같은 사이가 됐다고 오해하는 듯했다. 나는 그애가 없는 시간에 기습적으로 방문하려고 꾀를 부렸을 뿐인데.

"사모님이 나희가 참 기특하다고 하셔. 회장님이 식사도 늘 잘하시니까 이 실장한테도 고맙고. 그래서 B여대 근처에 나희가 살기에 괜찮은 오피스텔 하나 얻어줄까 하시던데."

"아니에요, 괜찮아요. 자취할 돈 충분히 모았어요. 모자라면 엄마도 도와주신다고 했고, 학교에서 장학금도 나와요."

생기부와 내신 우수성적으로 뽑혀 받게 된 장학금이었다. 고등학교 총동창회에서 후원하는 장학금이라 금액이 적지 않았다. 설마 이러다 한남동을 떠나고도 심부름을 떠맡을까 봐 나는 적극적으로 손을 내저었다.

"응, 나는 잘 모르겠고. 사모님이 해주신다는데, 그냥 받아."

장 여사가 웃으며 내 어깨를 두드렸다. 내 의견은 필요 없으니 여기까지만 얘기하자는 뜻이었다.

"이건 나희 용돈 하고."

장 여사가 내민 흰색 봉투에 노르스름한 지폐가 비쳤다. 꽤 두툼했다.

"버스 타지 말고 택시 타라고 사모님이 주시는 거야. 무겁게 반찬 들고 오가는데."

"아니에요, 저 택시 타고 다녀요. 카드도 따로 주셨잖아요."

월세도 없이 의탁한 입장인데, 이만하면 이미 충분히 빚을 지고 있다고 생각했다.

"나희야, 얼른 받아. 아줌마 손 민망해."

봉투를 받자 힘이 쭉 빠졌다. 월급? 수고비? 뭐라고 이름을 붙여야 할지 모르겠다. 다만, 이제는 절대 거절할 수 없는 일이 된 것만 같았다.

권현진은 대체 언제까지 한국에 있는 거지. 이러다 대학에 가서도 그애의 수발을 들게 되는 건 아닐까, 문득 두려워졌다.

〈디펜더스 2〉가 개봉했다. 최고 평점을 기록한 그 영화는 얼마 지나지 않아 박스오피스 1위에 올랐다. 학교에서 하도 떠들어대서 모를 수가 없었다. 단체 채팅방에서도 친구들은 내내 〈디펜더스 2〉 얘기만 했다.

나는 금요일에 하교하자마자 권현진의 집에 다녀왔다. 문 밖에 반찬 보따리를 둔 채로 벨을 누르고 그냥 튀었다. 다행히 권현진은 장 여사에게 내 괘씸한 짓을 일러바치지 않았다. 아직까지는.

토요일도 놀기만 한 게 아니었다. 오전부터 가재도구를 소독하고 김장 재료 손질을 도왔다. 내일 배추 500포기를 김장한다고 했다. 여기저기 나눠줄 데가 많아서 권 회장 본가는 늘 김장 스케일이 장난 아니었다.

그런데 저녁 6시쯤인가? 갑자기 웬 문자가 왔다.

—내일 뭐하는데

모르는 번호라서 굳이 답장을 하지 않았다. 체력이 약한 나는 일찍 방에 들어와 그대로 곯아떨어졌다. 선잠에 들었다가 머리맡에서 울리는 진동에 핸드폰을 집어들었다.

"여보…… 세요……"

잠결에 누군지 확인도 제대로 안 하고 전화를 받았다.

"여보세요…… 으응, 누구."

—야. 이나희.

동굴에서 울리는 듯한 낮은 목소리. 권현진이다. 나는 눈도 뜨지 못한 채로 핸드폰 너머의 그애에게 대답했다.

"으으응…… 내 번호, 어떻게 알았어……"

얼결에 대꾸는 하면서도 비몽사몽 상태였다. 돌아누우며 끄으으응, 앓는 소리를 내자 저쪽에서 얕은 한숨이 들려왔다.

—씨…… 야!

갑작스러운 욕설에 잠이 확 깼다. 어렵게 정신을 차린 나는 어두운 방에서 혼자 발광하는 핸드폰 때문에 눈살을 찌푸렸다.

—자면서 전화 받지 마라.

어째서인지 분노에 찬 권현진이 이를 갈며 말했다.

—누굴 조지려고…… 씨발.

혼자 신경질을 내더니 전화가 일방적으로 뚝 끊겨버렸다.

아파트 벨을 누르고 튄 것, 내일 뭐하냐는 내용의 문자, 용건을 모르겠는 전화.

그 모든 것이 합쳐서 며칠째 죄책감에 시달렸다. 김창진의 성화에 같이 〈디펜더스 2〉를 보면서도 머릿속에는 내내 권현진 생각뿐이었다. 결국 나는 영화 예매표 두 장을 들고 그 애의 아파트로 향했다.

"너 진짜 고등학교 졸업했어?"

"어. 시험 하나만 끝내면."

당연한 듯 내 손에서 반찬 꾸러미를 받아든 권현진이 척척 집안으로 들어갔다. 나는 자연스럽게 그뒤를 따랐다.

"그럼 대학교 가겠네……? 혹시 한국에서 다니는 거야?"

"대학 못 간다는데."

"왜?"

"몰라, 나도."

"누가 그렇게 말했는데?"

"장 여사."

권현진이 성의 없이 대답하며 보자기를 풀었다. 보름 만인가? 꽤 오랜만에 보는 것 같았다.

"제대로 알아보신 거 맞대? 고등학교를 졸업하고 왔는데 대학을 왜 못 가."

"몰라. 다 알아봤다는데."

못 본 사이 권현진은 시원하게 머리를 잘랐다. 이마와 눈썹, 콧대가 완전히 드러나서 훨씬 남성적인 느낌이 났다. 하나하나 뜯어보면 예쁘장한 이목구비였다. 어릴 때는 행실만 빼면 여자애라고 오해받을 정도였다.

권현진의 엄마는 당대 최고의 미인 배우, 시대를 풍미했던 유명한 트로이카 중 한 명이었다고 들었다. 그녀의 아들인 만큼 권현진은 눈코입이 진짜 예뻤다. 신기하게 다 커서는 서양인처럼 T존이 뚜렷해져서 이제는 예쁘다는 말보다 잘생겼다는 말이 훨씬 더 잘 어울렸다.

"다 뭔데, 이거."

뚜껑을 열 때마다 계속 빨간 음식만 나오니 권현진이 당황한 것 같았다.

"김치찌개랑 두루치기랑 오징어 김치전. 김치찌개는 모시조개 육수로 끓인 거야."

권 회장은 맵고 짠 걸 좋아한다. 그래서 본가 음식도 전체적으로 간이 셌다. 김치만 해도 회장님 드시는 건 매운 고춧가루를 써서 나도 못 먹을 정도였다. 주치의의 잔소리에 크게 한 번 역정을 낸 뒤로는 아무도 말리지 못했다.

"사모님이 매년 사랑의 김장 담그기 행사 가시잖아. 이건 거기서 가져온 김치라 하나도 안 맵대."

"별……"

차미영 얘기가 나오자 권현진은 음식을 보기도 싫다는 듯 내팽개치고 삐딱하게 날 쳐다봤다.

"야, 이나희."

이름을 부르는 목소리부터 심상치 않았다. 덕지덕지 붙은 심술이 읽혔다.

"얼굴 좋아 보인다?"

권현진은 날 빤히 쳐다보며 이죽거렸다.

"여기 오기 귀찮아 죽겠지. 짜증나지."

얼굴이 뚫릴 것만 같았다.

"저 새끼 언제 다시 영국으로 꺼져버리나, 날짜만 세고 있었냐?"

나는 시선을 내린 채로 최대한 그애의 눈을 피했다.

"이거 손두부인데, 너 먹을 수 있을 거 같아서……"

"나 싫어하잖아, 너. 며칠 안 보니까 살 만하냐?"

"자꾸 그런 식으로 말하면 다신 안 올 거야."

참지 못하고 한마디 던졌다. 회장님 말도 개무시하는 애한테 이런 경고가 먹히기나 할까 싶었지만, 나도 더는 듣고 있을 수가 없었다.

"어차피 안 올 거잖아. 나 안 보려고 했잖아, 이나희."

"나도 바빴어. 주말 내내 500포기 김장하고, 장독대 닦느라 죽는 줄 알았단 말이야! 그거 다 몇 갠지나 알아?"

변명이 알아서 술술 나왔다. 말하다보니 울컥했다.

"씨…… 무겁고, 얼마나 힘든데…… 알지도 못하는 게……"

눈물까지 찔끔 나왔다. 뺨에 흐르기 전에 얼른 닦아냈다. 그런데 권현진은 벌써 본 것 같았다. 내 눈물에 놀랐는지 애가 시체라도 본 것처럼 얼굴이 굳어졌다.

창피해서 반찬을 집어넣는 척 일어섰다. 냉장고 문을 열고, 잠깐 그 앞에 쭈그리고 앉아 감정을 정리했다.

이러려고 온 게 아닌데. 지갑에 든 영화표가 생각났다. 솔직히 몸이 힘들어서 권현진을 등한시한 건 아니었다. 내내 김장을 도왔다는 것도 사실과는 달랐다. 저애가 왜 안 왔느냐고 화를 내니까, 죄책감에 찔려서 내가 괜히 신경질을 부린 거다.

감정이 정리되자 뒤에 있는 권현진이 신경쓰였다. 이상하리만치 조용했다. 저 성격대로라면 왜 울고 난리냐고 적반하장으로 나한테 화를 내는 게 맞는데, 아무 말 없으니 오히려 폭풍전야처럼 불안했다.

먼저 화해하자고 해야겠다. 역시 〈디펜더스 2〉를 예매해오길 잘했다. 요즘 영화표가 얼마나 비싼지 아느냐고 생색을 내면서 슬쩍 말을 걸어볼 생각이었다.

눈치를 보면서 천천히 몸을 돌렸다. 그런데 식탁에 못 보던 물건이 있었다. 딸기우유였다. 정확히 내 쪽에 놓여 있는 걸 보니 권현진의 의도는 분명했다.

"뭐…… 나 먹으라고?"

일부러 한 번 더 물어봤는데 그애가 대답 대신 나를 뚫어져라 응시했다. 뭔가 묘한 기분에 우유갑을 만지작거리는데, 권현진의 큰 손이 불쑥 우유를 가져갔다.

약 올리는 것도 아니고, 왜 줬다 뺏고 난리야? 눈을 치켜뜨는데, 그애가 깔끔하게 입구를 따서는 다시 내 쪽으로 내밀었다. 나는 우유갑을 잘 못 열어서, 늘 지저분하게 찢어지곤 했다. 저번에도 그랬다. 혹시 그걸 봤나? 봐서 저러나? 놀랍기 짝이 없는 친절에 갑자기 딸꾹질이 나왔다.

"점심…… 딸꾹, 너 섬심 믹었이?"

"아니."

"밥, 있어?"

"어."

저번에 밥하는 걸 가르쳐줬더니 해먹기는 하는 모양이었다. 그 또한 신기했다.

"찌개 데워줄 테니까…… 먹어봐."

멈추지 않는 딸꾹질 때문에 나는 가슴을 두드렸다. 인덕션을 켜는데 권현진이 정수기에서 받아온 얼음물을 내밀었다.

"마시라고. 낑낑거리지 말고."

"내가 언제 낑낑……"

입을 열 때마다 딸꾹질이 치밀어서 그냥 물을 마셨다. 뼛속까지 차가운 얼음물 덕분에 다행히 잦아들었다.

맛있는 한 끼를 차려줘야겠다. 아니, 맛있게는 안 되더라도 먹을 수는 있도록 해줘야겠다. 매운 김치찌개 국물을 좀 따라내고 양념을 다시 했다. 설탕 몇 스푼을 넣고 케첩을 쭉 짜 넣었다. 이게 무슨 괴식인가 싶지만 잘 먹으면 좋은 거고, 안 먹으면 다신 나한테 밥 차려달란 소리를 안 하겠지. 권현진은 내 기상천외한 조리법을 옆에서 다 보고 있으면서도 뭐라 말이 없었다.

"그럼 한국에서 고등학교를 다시 다녀야 하는 거야?"

"몰라. 그런가."

"너 같은 성격으로는 학교 못 다닐 것 같은데……"

"뭐?"

귀도 밝아요. 혼자 중얼거린 말을 용케도 포착했다.

그애가 옆에서 날 쏘아보았다. 솔직히 애 들으라고 한 말이긴 했다. 그래놓고 찔려서 나는 잽싸게 말을 돌렸다.

"두부 좀 넣어줄까?"

"방금 뭐라 그랬냐."

"너 두부 먹냐고……"

"이게 진짜 사람을 병신으로 아네."

대꾸하지 않고 시선을 피하자, 다행히 권현진은 더이상 캐묻지 않았다.

"너 아예 한국에 들어온 거지?"

"몰라. 육갑잔치 한다고 불러서 온 건데."

"육갑잔치가 아니라 칠순잔치겠지……"

육순에 회갑연은 이미 거하게 치렀다. 권 회장의 고희연은 내년 초였다.

"아무튼 나도 속아서 왔다고."

혹시 맛이 이상할까봐 국물을 한번 맛봤다. 생각보다 나쁘지 않아서 인덕션 불을 끄려는데, 권현진이 심각한 얼굴로 날 내려다보았다.

"야, 이나희. 나 다시 영국 갈 거야. 그러니까 자꾸 그렇게 묻지 마. 나도 여기 있는 거 싫으니까."

"왜…… 서울이 어디가 어때서."

"몰라. 다 엿 같아. 짜증나."

이나희, 네가 싫어. 너 때문에 한국에 있기도 싫어.

날 노려보는 눈빛이 꼭 그렇게 말하는 것 같았다. 할말이 없어진 나는 돼지고기를 듬뿍 퍼서 그릇에 담았다. 그리고 권현진이 해놓은 진밥을 펐다.

"물 많이 넣으니까 이렇게 떡밥이 되지. 내가 손등에 맞추라고 했잖아."

"그렇게 했는데."

"봐봐. 물 여기까지 넣는 거라고 했지."

나는 내 손등의 중앙을 짚었다. 권현진이 보라는 듯이 똑같이 내 옆에 제 손을 놓고 위치를 짚었다. 내가 알려준 대로였다. 그런데 권현진의 손은 길이도 그렇지만, 굵기도 내 두 배였다. 내가 이 차이를 생각 못했네……

"……넌 여기까지만 넣어."

위치를 다시 정해주었다. 몇 번 더 스스로 해먹다보면 알겠거니 싶었다.

"뭔데."

권현진이 밥을 다 먹어갈 때쯤, 나는 지갑에 있던 영화표 두 장을 쓱 내밀었다. 그애는 얼떨떨한 얼굴이었다.

"뭐야, 내 거야?"

"응."

굳었던 권현진이 한 박자 늦게 숟가락을 내려놓고 기다랗고 예쁜 손으로 매우 조심스레 영화표를 집었다.

〈디펜더스 2〉, 날짜와 시간, 장소.

별 내용도 없는 표를 예물 보증서 보듯 샅샅이 눈으로 훑었다. 이윽고 그애가 놀란 듯이 고개를 들었다.

"수요일이네?"

"응. 너 어차피 할 거 없잖아."

순간 권현진이 하얀 치아를 보이며 웃었다. 입 동굴이 보일 정도로 환한 미소였다. 세상에서 제일 행복한 듯이 웃는데, 나도 모르게 속으로 감탄했다.

저렇게 예쁘고 잘생긴 애가 또 있을까?

없다. 진짜 없을 거다. 생긴 건…… 그래, 외모는 인정해야 했다. 솔직히 말해서 인물 하나는 진짜 잘난 애였다. 사람을 홀리는 얼굴이다. 넋 놓고 그애를 쳐다보다가 이유를 알 수 없이 숨이 막히기 시작했다.

계속 보고 있으면 안 돼, 이나희. 갑자기 무서운 예감이 들었다. 정체 모를 두려움에 심장이 다 두근거렸다. 당황한 나는 허둥지둥 가방을 챙겨 일어섰다.

"영화는 여자친구랑 같이 봐. 그럼, 즐거운 시간 보내."

얼른 자리를 뜨려는데 권현진이 불쑥 내 앞을 가로막았다.

"나 그런 거 없는데?"

하마터면 몸을 부딪칠 뻔했다. 지나치게 가까웠다. 내가 주춤 물러서자 권현진이 내 손목을 잡았다. 제 딴에는 살짝 당긴 것 같은데, 나는 무게중심이 넘어갈 만큼 상체가 기울었다.

"나 여자친구 없어, 이나희."

"있잖아."

"없다고."

내가 밀어낼수록 권현진은 엉겨붙듯이 날 끌어당겼다.

"그냥 연락하는 사이라든가, 여자친구 비슷한…… 있을 거 아냐."

"없다잖아, 내가. 핸드폰 보여줘?"

권현진은 당장 확인하라는 듯이 핸드폰을 내게 내밀었다. 통화 내역 같은 건 내 눈에 보이지도 않았다. 우리는 지금 너무 가까웠다. 저애가 입은 두꺼운 티셔츠의 섬유유연제 냄새로 머릿속이 다 헤집어지는 것만 같았다.

어질어질하다. 긴장한 나는 마른침을 삼켰다. 고개를 돌리고 소나기처럼 내리붓는 시선을 피했다.

"됐어. 내가 네 핸드폰을 왜 봐."

"야. 나한테 아무도 없다고."

빈손으로 애써 밀어내는데 권현진이 남은 손목마저 붙들었다. 제 억울함이 해소되지 않으면 절대 놓아주지 않을 기세였다.

"물어보지도 않고 네 마음대로 판단하냐?"

"그럼…… 저건 뭔데."

묻지 않으려고 했다. 나도 자존심이 있으니까. 저애가 거의 이틀마다 받아오는 꽃다발에 대해서 끝까지 모른 척하려고 했다. 그런데 못난 입술이 저절로 열렸다.

"너 맨날 꽃 받아오잖아. 그냥 꽃도 아니고, 장미."

'무려' 장미였다. 그것도 주황색 장미. 무슨 의미가 담긴 게 분명했다. 애정으로 빚어진, 둘만의 관계에서 만들어진 의미. 나는 모르는……

"받아오긴 누가 받아와!"

버럭 소리치던 권현진의 귀가 빨갛게 달아올랐다. 심지어 목까지 불그스름했다. 나는 흠칫했다. 설마.

"너, 네가 산 거야? 정말 돈 주고 샀어?"

경악한 내 눈빛에 창피했는지 권현진은 고개를 돌린 채 한숨만 내뱉었다. 날 붙들고 있던 손아귀에서도 힘이 빠졌다.

그 침묵에서 나는 긍정을 읽었다. 세상에…… 권현진이 꽃을 산다고? 이걸 누가 믿을까. 차라리 총을 샀다면 믿겠다.

"직접 구매한 거 맞아? 혹시 꽃가게 사장님이 너한테 돈을 빌렸는데 형편이 안 돼서 어쩔 수 없이 꽃으로 갚는다거나."

"야."

권현진이 세차게 나를 노려보았다. 별거 아닌 장난에 파르르 떠는 반응이 조금, 아주 조금이지만…… 귀여웠다.

미쳤지. 내가 진짜 미쳤나봐. 권현진이 귀엽다니. 헛웃음이 절로 나왔다.

"아니, 난 그냥 좀…… 놀라워서. 놀랍다. 역시 사람한테는 여러 가지 면이 있나봐. 지킬 박사와 하이드 같은……"

얘는 평소에 하이드로 사는데 가슴속에 아무도 모를 작은 지킬 박사가 있는 건가. 어쨌든 다시 보였다. 장미를 사다가 집을 장식할 줄도 아는구나.

"수요일 3시까지 와라."

"네 친구랑 봐."

"모르냐? 나 친구 없어."

영화는 수요일 4시 30분이었다. 권현진이 영화를 보러 가면, 나는 그사이 빈집에 반찬을 두고 가려고 일부러 그 시간에 예매한 건데……

"김 기사님이랑 가는 건?"

"열받게 좀 하지 마라. 진짜."

벌써 수행 기사로 몇 달을 지내고 있는데도 권현진은 김 기사님과 좀처럼 친해지지 않았다.

"알겠어. 그럼 수요일에 봐."

"기다려. 설거지하고 가."

나는 저런 애가 대체 뭐가 그렇게 안쓰럽다고 영화표를 사 주고, 김치찌개까지 끓여준 걸까? 권현진한테 예매해준 표를 다시 환불하고 싶었다.

그날, 권현진은 내게 설거지를 시키지 않았다. 만약 그랬다면 나도 불편한 애랑 불편한 곳에서 이미 본 영화를 또 보러 오진 않았을 텐데. 사실 권현진은 내게 설거지나 청소 같은 노동은 단 한 번도 시킨 적이 없었다.

수요일 3시, 약속 시간보다 딱 1분 늦었다. 하교해서 옷 갈아입고, 반찬 들고, 한남동에서 반포까지 오는 데 이 정도면 기적이었다. 그런데 고작 1분 늦은 걸로 권현진은 아파트 현관문을 열어주면서부터 짜증을 냈다.

"나랑 영화 보기 싫다고 시위하냐?"

"1분 가지고 되게."

기진맥진해 있던 나는 뭐라고 쏘아주려다가 권현진을 보고 말문이 턱 막혔다. 원래도 신경써서 옷을 입는 건 알고 있었다. 그런데 오늘은 아주 작정하고 차려입은 듯 옷태가 장난이 아니었다.

광이 흐르는 캐시미어 롱코트 안에 남색 폴라티를 입었는데, 원체 어깨가 넓은 몸이라 그런지 옷이 미치게 잘 어울렸다. 톤 다운된 테이퍼드 핏의 바지는 안 그래도 긴 다리를 더 돋보이게 만들었다. 심지어 머리카락에도 뭘 발라서 포마드로 이마를 드러냈다. 손목에는 못 보던 시계까지 있었다. 저렇게 어른스러운 착장은 처음 보는데, 화보에서 그대로 튀어나온 모델 같았다.

"너 향수도 뿌렸어?"

평소에 풍기던 이름 모를 꽃향기의 섬유유연제가 아닌 다른 향기가 났다. 바닐라 향 같았다. 고급스러운 그 바닐라 향기에 나도 모르게 코를 박을 뻔했다.

"왜…… 별로야?"

향수 뿌렸냐고 물어본 것뿐인데. 겨우 그 말 한마디에 권현진은 갑자기 초조한 얼굴이 되었다.

"씻고 다른 거 뿌릴까?"

"아니…… 그냥 그걸로 해."

새삼 거리감이 느껴졌다. 영화관이 강남 한복판이다보니 나도 매일 걸치는 후드티가 아니라 나름대로 옷을 골라 입고 왔다. 그래 봤자 유행 다 지난 스키니진에 버건디 컬러의 브이넥 니트였다. 반면 권현진은 머리카락 한 올까지 죄다 명품 같았다. 저애 자체가 그랬다.

물과 기름처럼 겉도는 우리의 모습이 현관 옆 거울에 비쳤다. 나란히 서 있는 우리를 보고 나는 급히 한 발 뒤로 물러서서 그애의 옆자리를 벗어났다.

우리는 어울리지 않아.

권현진과 나는 정말 어울리지 않아.

"반찬은 네가 냉장고에 넣어줘. 바로 가자. 늦겠다."

도망치듯 권현진의 집에서 나온 나는 텅 빈 복도에 서서 그애를 기다렸다.

영화관까지 가는 건 김 기사님이 수행했다. 나는 최 대리가 데려다주는 날도 많았으므로 지하 주차장 버튼을 누르는 권현진을 보고 당황하지 않았다.

"뭐하냐?"

하지만 당연하게 김 기사님의 옆자리, 조수석 문을 여는 날 보고 권현진이 당황한 것 같았다.

"뒤에 타."

"아냐. 여기가 편해."

"내 옆에 앉으라고."

"괜찮다니까."

조수석 손잡이를 잡은 채로 실랑이가 있었다. 이를 꽉 깨문 권현진이 날 죽일 듯이 쏘아보았다. 선팅된 차창 너머로 김 기사님이 무슨 일인가 하고 우리를 살폈다.

"네 맘대로 해."

바닥까지 가라앉은 목소리였다. 권현진은 그대로 뒷자리에 가서 앉았다.

"나희 밖에서 보니까 숙녀 같다. 이 실장님 잘 계시지?"

"네, 그럼요."

김 기사님은 까칠한 왕자님과 단둘이 아니라서 안심한 듯했다. 만만한 내가 알아서 목적지도 내비에 찍고, 도착 시간까지 알려드리니 앞자리는 분위기가 나쁘지 않았다.

반면 뒷좌석에서는 시베리아 벌판 같은 냉기가 흘렀다. 김 기사님은 평소와 별로 다를 바를 느끼지 못했는지 넌지시 내게 말을 걸었다.

"큰 도련님이랑 둘이서 영화 보는 거야?"

"사모님이 김장 담그기 행사에서 김치 가져오셨거든요. 그냥 반찬 갖다주려고 왔다가, 같이 볼 사람이 없다고 해서요."

변명이 구구절절 나왔다. 룸미러 속 권현진은 창밖에만 눈을 둔 채로 일절 말이 없었다.

"찬희랑 저랑 다 같이 또래니까, 아무래도 제가 편한가봐요."

"정말 그렇겠다."

김 기사님의 맞장구가 끝나기 무섭게 권현진과 눈이 마주쳤다. 팔짱을 끼고 있는 거울 속의 그애는 정말이지 왕자님 같았다. 신경질이 잔뜩 난 왕자님.

김 기사님은 강남대로에서 영화관 가까운 골목으로 간신히 빠져서 차를 댔다. 권현진이 먼저 내렸다. 문이 부서지는 줄 알았다.

"큰 도련님, 근처에서 대기할까요?"

김 기사님이 목을 빼고 물었지만 권현진은 돌아보지도 않고 먼저 걸어가버렸다.

"아저씨, 현진이 제가 챙길게요."

"그럼 큰 도련님 집에 들어가시는 거 꼭 확인하고 나한테 연락 줘, 나희야. 응?"

"네."

김 기사님을 보내고, 나는 CGV라고 크게 적힌 건물 안으로 들어섰다. 사방에서 들려오는 말소리에 귀가 다 멍멍했다. 서울 인구가 다 여기 모였나 싶게 사람이 많았다. 그 가운데서도 권현진은 단번에 눈에 들어왔다.

대박, 저 사람 뭐야. 진짜 잘생겼다. 방금 봤어? 모델인가 봐. 남녀 가릴 것 없이 엘리베이터 앞에 선 그애를 돌아보고 수군거렸다. 그러거나 말거나 잔뜩 뿔난 권현진은 양손을 주머니에 꽂고 정면만 응시했다.

쭈뼛거리며 옆으로 다가서자 미동도 없던 그애가 천천히 날 돌아봤다. 눈빛만으로 사람을 얼려버릴 수 있다면 기꺼이 그럴 기세였다.

"11층 15관인데…… 이쪽."

홀수 층 엘리베이터 앞으로 그애 소매를 살짝 끌어당겼다. 뿌리칠 줄 알았던 권현진은 순순히 내게 딸려왔다.

우리는 대화도 없이 어색하게 엘리베이터를 기다렸다. 문이 열리자 사람이 홍수처럼 쏟아져나왔다. 엘리베이터에 탈 때는 거의 등을 떠밀려서 들어갔다. 나는 앞으로, 옆으로, 정신없이 밀쳐졌다. 그러던 순간 어깨를 끌어안는 강한 손길에 대번에 구석으로 끌려갔다.

등에는 차가운 벽이 닿았고, 내 앞에는 권현진이 있었다. 그애의 손이 내 머리 양옆을 짚었고, 손목의 향수 냄새가 내 코끝을 스쳤다.

엘리베이터에는 사람이 끝도 없이 탔다. 권현진은 최대한 내게 닿지 않으려고 용을 썼다. 그 덕분에 우리 사이에는 한 뼘 정도의 틈이 지켜졌다. 그래도 내가 다리를 꼼지락거리면 허벅지에 권현진의 무릎이 스칠 정도로 가까웠다.

그만 좀 타요! 그만 탑시다! 여기저기서 사람들이 불만스럽게 소리쳤다. 이미 한계를 초과한 게 분명한데, 엘리베이터에서 삑삑 소리가 나지 않아서 계속 밀고 들어오는 것 같았다.

"후……"

짜증스러운 한숨이 들려왔다. 내 정수리 위에 고개를 숙이고 있던 그애였다. 이런 만원 사태를 권현진이 평생 겪어본 적이나 있을까? 모르긴 몰라도 영국은 서울처럼 사람이 많진 않을 텐데.

괜찮은가, 불쑥 고개를 들자 권현진이 흠칫했다. 순간 깊게 울렁이는 목울대를 바라보다가 나는 충동적으로 손을 뻗었다. 권현진의 옷자락을 끌어당겼다.

한 뼘, 딱 그 정도의 틈을 만들어주고 있던 애가 허물어지듯 내게 안겨왔다. 단단한 그 가슴팍에 얼굴을 파묻는 동시에 엘리베이터 문이 닫혔다.

2층, 3층, 4층……

혼자 속으로 숫자를 셌다. 사방이 권현진이라 엘리베이터의 숫자는 보이지도 않았다. 아마 몇 초 되지도 않을 텐데 체감으로는 엘리베이터가 한없이 느리게 움직이는 것만 같았다.

귀에서 들리는 심장 소리 때문일까. 사냥감을 쫓는 짐승처럼 빠르게 뛰어대는 이 심장 소리 때문에…… 내게 붙어서 날것이 된 권현진이 느껴졌다. 당장 시선만 올리면 지금 저애가 무슨 얼굴을 하고 있는지 볼 수 있었지만, 그러지 않았다. 나야말로 꼼짝도 하지 못했다.

어쩌면 이 순간, 살살이 발가벗겨진 건 권현진이 아니라 나일지도 모르겠다.

각자 화장실까지 다녀왔는데도 아직 입장은 시작하지도 않았다. 우리는 15관 앞에서 하릴없이 다른 영화의 포스터나 들여다보았다.

"영화 시작까지 몇 분 남았어?"

"25분."

손목에 찬 시계를 들여다보며 그애가 대답했다. 잘됐다. 팝콘 사 먹기 딱 좋은 시간이었다. 안 그래도 아래층에서 풍겨오는 팝콘 냄새에 코가 들썩였다.

권현진의 저 성질머리를 다스릴 수 있는 건 탄수화물뿐이다. 분명히 캐러멜 팝콘도 좋아하겠지?

"여기 잠깐만 있어봐."

"어디 가는데?"

권현진이 벽에 기대고 있던 등을 뗐다. 당장 쫓아올 것 같아서 나는 빠르게 에스컬레이터로 뛰어갔다.

"잠깐이면 돼. 거기서 기다려."

캐러멜 반, 어니언 반. 완벽한 단짠단짠의 조합으로 권현진을 혼미하게 만들어줄 생각에 벌써 설레었다.

콜라 하나와 내 물 한 병. 각각 마실 걸 들고, 커다란 팝콘 통을 안고 에스컬레이터에서 올라왔다. 고만고만한 사람들 사이에서 혼자 불쑥 큰 권현진은 찾을 필요도 없었다.

그런데 놀라운 광경이 눈앞에서 펼쳐지고 있었다. 나는 급히 기둥 뒤로 숨었다.

"저 이런 거 한 번도 해본 적 없는데요, 완전 제 이상형이셔서…… 번호 좀 주실래요?"

누군가 권현진의 번호를 따고 있었다. 긴 생머리에 키가 큰 여성분이었다. 몸에 달라붙는 롱 원피스를 입은 뒷모습이 권현진과 커플처럼 잘 어울렸다. 저 두 사람이 잘돼서 권현진이 더는 날 귀찮게 하지 않았으면 좋겠다, 그렇게 생각해서 무심코 숨었는데…… 이상하게 기분이 별로였다.

기다리는 것도 고역이라, 차라리 상황이 빨리 끝나기를 기도했다. 뭐해, 권현진. 빨리 번호를 드려. 하염없이 입술만 깨물고 있는데 신경질적인 목소리가 들려왔다.

"왜요."

"네?"

"왜 처묻냐고. 남의 개인정보를."

삐딱하다못해 있는 대로 짜증이 난 목소리였다. 나는 황급히 기둥 뒤에서 튀어나갔다.

"권현진!"

당황한 여성분의 시선이 그애한테서 내게로 옮겨왔다.

"아, 죄송해요. 저는 여자친구분 있는지 모르고."

"죄송합니다. 죄송합니다."

여자친구가 아니라는 해명이 먼저였지만 나도 모르게 사과부터 했다. 권현진은 내내 한마디도 없다가 여성분이 멀어진 뒤에야 내게 눈짓했다.

"저거 사기꾼이지. 보이스 피싱 같은 거."

"보이스 피싱은 무슨 보이스 피싱이야……!"

내가 빈손이었다면 넓은 등짝을 한 대 때려줬을 것이다.

"근데 남의 전화번호는 왜 물어봐?"

"네가 마음에 드니까 물어본 거지! 먼저 연락하려고 번호 따고 그러잖아."

사라진 여성분을 노려보던 시선이 순간 내게 쏟아졌다.

"너한테도 그러냐?"

"몇 번…… 뭐."

사복을 입고 있을 때 그런 적 있었다. 거절하고 싶은데 무서워서 찬희 전화번호를 주고 도망갔다.

"신나서 줬겠지, 이나희. 그러셨겠지."

"그냥 이거나 먹어……"

콜라와 팝콘을 그애한테 건넸다. 동시에 권현진의 미간이 짜증스럽게 구겨졌다.

"지금 이거 사려고 혼자 다녀왔냐."

"응."

"누가 이딴 거 처먹는다고 했어?"

어이가 없었다. 이 인파의 홍수 속에서 팝콘을 사다줘서 고맙다는 인사는 못할망정……

"내가 언제 이런 거 사오랬냐고. 어? 갔으면 빨리빨리 오기나 할 것이지 왜 이렇게 느려."

"……"

"서울 짜증나. 사람만 더럽게 많고."

"진짜 신경질 장난 아니다, 너……"

"모르는 사람들이 말 걸잖아. 싫다고, 그런 거."

내가 옆에 없는 동안 애한테 찝쩍거린 사람이 한 명이 아니었나. 그래서 이렇게 독사처럼 바짝 열받아 있는 건가.

"갑자기 사라지고 지랄이야, 이나희."

더 듣기 싫어서 나는 팝콘을 골랐다. 캐러멜이 잔뜩 묻은 놈으로 집어서 그대로 권현진의 입에 처넣었다.

놀랐는지 그애의 눈이 살짝 커졌다. 자기가 뭘 먹는지도 모르고 불쑥 입부터 벌렸어? 연달아 캐러멜 팝콘을 주다가 불시에 어니언 팝콘으로 바꿔줬다. 그러자 권현진의 눈썹이 움찔 들썩였다.

봐, 저렇게 얌전히 받아먹을 거면서. 마침내 조용해진 그애를 데리고 나는 15관으로 향했다.

〈디펜더스 2〉는 소문대로 재밌었다. 권현진도 이견이 없는지 영화에 대한 불만은 없었다. 다만 영화관에서 나오자마자 아파트에 들여보내려는 나와, 들어가기 싫다는 그애의 실랑이가 시작되었다.

“배고파. 저녁 먹고 들어가.”

“집에 가서 먹어……”

나는 지쳤다. 그리고 내가 큰 도련님이 집에 무사 귀환했다는 연락을 드려야 김 기사님이 퇴근할 수 있다.

“김 기사님이 기다리고 계실 거야, 응?”

“혼자 먹기 싫어.”

“내가 차려줄게. 다 먹을 때까지 같이 있어 줄게.”

“싫어. 밖에서 먹어.”

아파트에 드나들면서 깨달은 것은 권현진이 권 회장을 닮아서 어마어마하게 고집이 세다는 것이었다. 어차피 나는 저 애를 이길 수 없었다. 빨리 포기하는 게 차라리 기력이라도 아끼는 길이었다.

“……알겠어. 그러자.”

허락과 동시에 권현진이 씩 웃었다. 이어서 준비해놓은 듯한 말이 흘러나왔다.

“한식, 중식, 일식, 프렌치, 이탈리안. 뭐 먹을래.”

“난 초밥 먹고 싶은데.”

이건 순전히 내 심술이었다. 생선을 싫어하는 애니까 초밥을 먹자고 하면 집으로 갈 줄 알았다. 그런데 권현진은 당황하는 기색도 없이 곧바로 택시를 잡아타고 목적지를 말했다.

대체 신사동이 어딘지나 알고 가는 건가? 제 아파트 지하 상가에 마트가 있는 줄도 몰랐던 주제에……

"너 생선 안 먹는 거 아니었어?"

"먹어."

"근데 왜……"

"뼈 바르기 귀찮아서."

권현진은 익숙한 듯이 어느 일식집으로 들어갔다. 조도가 낮은 조명 아래 전통 일식 복식을 차려입은 셰프가 깍듯이 고개를 숙였다. 나는 기껏해야 친구들과 떡볶이나 먹으러 다니는 평범한 고등학생이었다. 엄숙한 분위기에 겁먹고 권현진의 뒤에서 눈만 굴렸다.

"사시미 오마카세 두 분, 룸으로 예약하셨지요?"

아니라고 말하려 했는데 권현진이 더 빨랐다.

"네."

담담한 그 대답에 나는 휘둥그레진 눈으로 그애를 봤다. 안내받은 룸으로 갈 때까지 머릿속이 빙글빙글 돌았다. 일식 코스를 미리 예약했다고? 내가 초밥을 먹고 싶다고 할 줄 어떻게 알고?

편백나무 냄새가 은은하게 나는 정방형 룸에 앉아서 단둘이 된 뒤에야 소곤소곤 물었다.

"이런 데는 어떻게 알아?"

"몇 번 와봤어. 같이 운동하는 사람하고."

"여자……?"

"여자겠냐?"

퉁명스럽게 되물은 권현진은 곧장 핸드폰을 꺼내 사진 한 장을 보여주었다. 젖꼭지까지 파인 민소매 티셔츠를 입고 있는 남자였다. 날라리처럼 생긴 얼굴도 눈에 들어왔지만, 몸이 더 눈에 띄었다. '더 바디 쉐이프'라는 간판은 뒤늦게 보였다. 권현진이 다닌다는 헬스장 트레이너인 듯했다.

"되게 잘생…… 멋지시다."

순간 화면이 탁 꺼졌다. 새까만 핸드폰 액정에 반사된 싸늘한 눈이 말없이 날 노려보고 있었다.

그때 갑자기 뱃속에서 꼬르륵 소리가 들려왔다. 팝콘은 권현진에게 다 줬기 때문에 내가 먹은 거라곤 물 한 병이 전부였다. 마침 밖에서 정중한 노크 소리가 들려왔다. 점원이 작은 도자기에 담긴 계란찜을 하나씩 가져왔다.

"초밥부터 주세요."

"그럼 츠마미는 천천히 올려드리겠습니다."

권현진은 익숙하게 지갑을 꺼내 노란색 지폐 한 장을 건넸다. 종업원 또한 웃으며 익숙하게 팁을 받았다.

이 자리가 어색한 사람은 나뿐이었다. 저애가 권 회장의 다른 가족들과 닮았다는 생각은 해본 적이 없었는데, 일하는 사람에게 팁을 선네는 모습은 영락없이 권씨 일가였다. 돈 쓰는 게 물 흐르듯 자연스러웠다.

잠깐 잊었다. 재벌 4세였지, 참. 같이 영화 보고, 택시 옆자리에 앉았다고 저애와 내가 동등한 처지가 아닌데. 하마터면 착각할 뻔했다. 여긴 언제, 어떻게 예약했는지, 혹시 날 위해서 준비한 건지 물어볼까 했는데…… 궁금했던 것들이 순간 싹 사라졌다. 그런 자질구레한 것들은 알아서 뭐하려고.

알면. 뭐가 달라질까봐? 저애가 권 회장이 아껴 마지않는 장손이고, 재벌 4세란 것은 영원히 변하지 않는다. 마치 내가 세상에서 가장 사랑하는 우리 엄마, 이 실장의 딸이듯이.

"맛있냐? 잘 먹네."

"응. 되게 맛있는데. 너도 얼른 먹어."

시선을 접시에만 두고 말했다. 초밥은 정말 입안이 황홀할 정도였다. 내가 해준 달기만 한 음식들을 잘도 참고 먹었구

나. 밖에선 이런 걸 먹고 다니는 애가.

"그동안 내 음식 먹는 게 고역이었겠네."

"뭐, 케첩 찌개?"

"김치찌개였어."

제 맘대로 이름까지 붙였네. 케첩 찌개라니, 김치가 들으면 서운할 소리를.

"맛있었는데."

내가 끓인 괴악한 김치찌개를 싹싹 먹어치우던 저애를 생각하니 갑자기 코가 시큰했다.

"네가 해준 건 전부 맛있었어, 이나희."

다시는 권현진에게 요리해주지 말아야지.

초밥을 먹다 말고 멈춰 있는 날 보며 권현진이 물었다.

"왜?"

"몰라. 고추냉이가 너무 매웠나봐."

변명할 게 이거밖에 없었다. 그런데 권현진은 내 조악한 거짓말을 그대로 믿었다.

"다시 해달라고 할게."

"아니! 그러지 마. 그냥 먹어도 돼."

필사적으로 말리는 나를 빤히 바라보다가 권현진이 갑자

기 젓가락을 들었다. 손도 대지 않았던 본인 초밥의 고추냉이를 하나하나 긁어냈다. 그러고는 내 접시와 자기 것을 바꿨다.

순간 나는 멍해졌다. 전혀 예상치 못했던 권현진의 다정함에 명치를 맞은 것처럼 숨이 턱 막혔다. 이건 좀 반칙 아닌가? 저 까칠한 애가 불시에 이토록 다정할 수 있다니……

"뭐해. 안 처먹고."

감동할 틈을 안 주는구나. 말이나 좀 예쁘게 할 것이지. 말은 거지같이 하면서 행동만 예쁘면 뭘 하나. 지가 내킬 때만 간헐적으로 친절한 게 차라리 내겐 다행이다 싶었다.

그때 바닥에서 강한 진동이 느껴졌다. 나와 권현진의 시선이 동시에 다다미를 향했다.

—창진이

요란하게 울리는 내 핸드폰 화면을 바라보면서 권현진이 느리게 전복을 씹었다.

"너 전화 왔는데."

급격히 낮아진 어조에 뭔가 기분이 이상했다. 핸드폰을 뒤집자 조용해졌다.

"안 받아도 돼."

"왜."

권현진이 초밥을 집으며 아무렇지 않은 듯이 말했다.

"받아봐."

"됐어."

"그럼 내가 받는다?"

곧장 치켜뜬 시선에서 그게 무심을 가장한 얼굴이었다는 걸 알았다. 저럴 땐 꼭 질 나쁜 양아치 같다.

"내 전화를 네가 왜 받아."

"이거 그 새끼지. 네 남자친구."

"뭐라는 거야, 진짜. 여보세요."

핸드폰을 귀에 갖다대며 몸을 돌렸다. 권현진의 성난 시선이 뒤에서 질기게 따라붙었다.

—나희야!

조용한 방안에 김창진의 들뜬 목소리가 울렸다.

—너 왜 채팅방에서 말이 없냐? 31일에 뭐할 거야?

"31일?"

—우리 스무 살 되는 날이잖아. 역사를 쌓아야지!

당황한 나머지 손으로 급하게 음량 조절 버튼을 누르다가 소리를 더 키워버렸다.

—밤새워 볼링 치기로 했는데, 너도 콜? 거기서 맥주도 마실 수 있대.

12월 31일, 밤 12시가 넘으면 나는 합법적으로 성인이 된다. 마지막 19세를 어디서, 어떻게 보낼지 김창진을 필두로 반 애들이 종일 떠들던 게 기억났다.

—볼링장 새벽 6시까지 한다는데. 끝날 때까지 조지고, 첫차 타고 집 가는 거 어떠심? 완벽하지?

옆에서 느껴지는 뜨거운 시선에 얼굴이 타버릴 것만 같았다. 나는 입가를 가리고 조용히 대답했다.

"일단 지율이한테 물어볼게."

—박지율은 당연히 오지! 걔가 언제 빠지는 거 봤음? 너까지 지금 딱 여덟 명이야.

대놓고 거절하기가 미안해서 지율이 핑계를 댔는데, 엄격한 부모님의 허락을 벌써 받아낸 걸 보니 아주 작정한 모양이었다. 하긴, 수능도 끝났겠다 거절할 이유가 없었다.

—올 거지?

"생각해볼게. 근데 늦게까지는 안 돼."

—그럼 몇 시까지 되는데?

"일단 나중에 내가 다시 전화할게. 지금은……"

나도 모르게 흘끔 권현진을 봤다. 거의 불태워버릴 듯한 얼굴로 내 핸드폰을 노려보고 있었다. 흠칫 고개를 돌리는데 귀에서 애교스러운 목소리가 들려왔다.

—가자, 이나희. 어? 놀자아앙.

"창진아, 사실은 나 지금 전화 받기가 곤란해서……"

—가자, 가자, 가즈아아앙!

김창진의 징그러운 콧소리가 절정을 향했다. 나도 모르게 어이없는 웃음을 터뜨린 순간이었다. 테이블 너머에서 권현진이 내 핸드폰을 확 낚아챘다. 말릴 새도 없었다.

"끊으라는데, 이 개새끼가."

"권현진!"

"앞으로 얘한테 전화하면 뒤진다."

내 핸드폰을 뺏으려고 했지만 무리였다. 한 손으로 가볍게 날 저지한 권현진은 자기 할말만 마치고 통화를 종료했다.

"너…… 너 지금……"

"뭐."

정신이 다 혼미했다. 이런 모욕을 당하고 참아줄 사람은 세상에 없었다. 아무리 서글서글한 김창진이라 해도. 뭐라고 사과해야 하지. 갑자기 벌어진 상황에 넋이 나가 있는데 권현진이 내 핸드폰을 툭 던졌다.

"가기만 해, 이나희."

권현진이 이글거리는 눈으로 날 응시했다. 지금 화낼 사람이 누군데.

"가지 말라고."

"나 어차피 거기 못 가. 외박도 안 되고, 그렇게 늦게까지는……"

"나랑 있어. 너 스무 살 되는 날."

권현진이 씹어뱉듯이 읊조렸다. 내 말을 듣기는 한 건지. 한숨이 절로 나왔다. 그런 내 반응에 더 열받은 듯 짙은 눈썹이 가파르게 치켜올라갔다.

"김창진인지 하는 그 새끼랑은 되고, 난 안 되냐?"

"뭐라는 거야…… 말이 되는 소리를 해. 나 늦게까지 밖에 못 있는다고 했잖아. 그리고 내 친구한테 그런 식으로 말하지 마."

"친구?"

비틀린 입매에서 차가운 웃음이 번졌다.

"친구 같은 소리 한다, 이나희."

권현진이 차가운 녹차를 벌컥벌컥 들이켰다. 나야말로 황당했다.

"네가 무슨 생각하는지 모르겠는데, 나랑 창진이 친구 맞아."

"까지 말라 그래."

오기로 점철된 시선이 정확히 내게 꽂혔다.

"그 새끼한테 너, 친구 아니야."

대체 내가 왜 이런 말을 듣고 있어야 하는 거지? 이 순간 나는 분노로 얼룩진 저애의 화살받이였다. 속에서 뭔가 와르르 무너지는 느낌이 들었다.

그래도 오늘 하루가 나쁘진 않다고 생각했다. 나름 데이트 같기도 하고, 잠깐이지만 대접받는 기분도 들었다. 다 혼자만의 착각이었다. 나는 그대로 눈을 내리깔고 방문을 열었다.

"나 갈래."

"야. 다 안 먹었잖아."

"먹은 걸로 칠게."

"배고프다며, 이나희……"

"더 앉아 있어 봤자 얹힐 것 같아."

권현진의 대답을 듣지도 않고 곧장 음식점을 나와버렸다.

늦저녁이라 그런지 날씨가 쌀쌀했다. 한 겹 니트 안으로 바람이 숭숭 들어왔다. 공기는 추운데, 이마에는 뜨거운 열기가 몰렸다. 눈물이 핑 돌았다.

왜 늘 이런 식인 걸까. 물과 기름처럼, 불과 얼음처럼. 저 애와 나는, 우리는 어울리지 않는 원소처럼 겉돌기만 하고 섞이지 못한다. 서로를 견디지 못하고, 이해하지 못한다.

나는 모두와 두루두루 잘 지낼 수 있는 사람이라고 생각했는데, 다 오만이었다. 세상에는 안 맞는 관계라는 게 정말 있구나. 그게 권현진과 나, 우리 두 사람 사이를 말하는 거였다.

코를 훌쩍대며 현란한 밤거리를 무작정 걸었다. 그런데 갑자기 뒤에서 나타난 권현진이 내 앞으로 뛰어들었다.

"이나희."

나는 대답하지 않았다. 눈도 마주치지 않았다. 왼쪽으로 그애를 피해서 가려는데 권현진이 한발 빠르게 내 앞을 가로막았다. 오른쪽으로 피하려고 했더니 그것조차 막았다. 길거리에서 이렇게 유치하게 구는 게 창피하지도 않나? 반사적으로 그애를 째려보는데, 권현진이 도리어 씩씩대며 내게 쏘아붙였다.

"야. 너랑 대체 어떻게 친구로 지내는데."

피로가 몰려왔다. 더는 말싸움할 기운도 없었다. 어차피 내가 이기지도 못한다. 에너지가 아주 용광로처럼 팔팔 끓어오르다못해 넘치는 애였다. 나로선 감당이 안 된다.

"너 같은 게 눈앞에 알짱거리는데, 도대체 어떻게……!"

"집에 가게 나 좀 그냥 내버려둬……"

"어떻게 널 친구로 생각하냐고, 이렇게 예쁜데!"

답답해 미치겠다는 듯이 권현진이 소리쳤다.

"귀엽고, 깜찍하고!"

어안이 벙벙해진 나는 멍청하게 입술을 벌린 채 권현진만 응시했다. 내가 지금 뭘 들은 거지……?

발광하는 네온사인, 우리를 흘끔대며 지나가는 시선들.

목까지 벌게진 채로, 내 앞에 서서 분해 죽겠다는 듯이 소리치는 권현진.

"너 예뻐서 내가 미치겠다고, 이나희……"

자기가 말해놓고도 감당이 안 되는지 권현진 얼굴이 토마토처럼 붉어지더니, 그애가 연신 마른세수를 했다. 그 핑계로 당황한 내 시선에서 도망치고 싶은 듯했다.

예쁘다는, 흔하게 듣는 한마디였다. 근데 그게 대체 뭐라고……

모든 게 비현실적으로 느껴졌다. 얼어붙었던 거리가 단숨에 사르르 녹아내리는 것만 같았다. 여태 심통을 부렸으면서 고작 저따위 변명밖에 할 줄 모르는 저애도 문제고, 고작 저런 변명에 풀려버리는 단순한 나도 문제였다.

앓는 듯한 탄식이 흘러나왔다. 나는 바람결에 흔들리는 그 애의 머리카락을 가만히 주시했다. 이윽고 진정이 됐는지 권현진이 내 팔을 잡았다.

"가자. 한남동 데려다줄게."

"너 아파트에 들어가는 거 확인해야 하는데……"

"내가 세 살짜리 애냐? 내 집엔 내가 알아서 들어가."

발끈해서 받아치는 얼굴이 아직도 벌겠다. 하지만 저애의 논리대로라면 나도 혼자 집에 가지 못할 이유는 없다.

"나도 알아서 갈 수 있어. 여기서 버스 타면 한번에……"

"아, 그냥 좀 가자고. 이나희! 쪽팔려 미치겠으니까!"

권현진이 사납게 중얼거리더니 내가 도망이라도 갈까 싶었는지 내 팔을 붙잡고 택시를 잡았다.

"김 기사님한테 연락드려야 하는데……"

"빨리 타기나 해."

강남대교를 건널 때까지 우리 사이에는 아무런 대화도 오가지 않았다. 권현진은 한강 야경이 펼쳐진 창문에 고개를 고정하고 내 쪽은 한 번도 돌아보지 않았다. 밖에서는 진눈깨비가 휘날렸다. 가을이 끝나가고 있었다.

"한남동 미술관 앞에서 세워주세요."

"집 앞까지 가."

"울렁거려서 그래. 좀 걷고 싶어."

그렇게 말한 나는 등받이 깊숙이 몸을 기댔다. 눈을 감고 있던 그때였다. 시트에 아무렇게나 흩어놓았던 손에 문득 생경한 감각이 느껴졌다.

그애의 기다란 손가락 끝이 내 손등에 닿아 있었다. 움직이지 않는 것처럼, 아주 연약하게 미동하는 권현진의 손끝이 내 심장 어귀를 간지럽혔다. 저애가 만지는 곳이 내 손등일 뿐인데도.

권현진의 빨개진 목이 조금 귀엽다는 생각이 들었다. 능청스레 창밖을 보는 척하며 창에 비친 나를 훔쳐보는 저 얼굴도. 나는 옆자리의 밉살맞은 도둑이 곱게 훔치고 있는 손을 빼지 않았다.

미술관에서 내려 회장님 저택까지 걷는 20분 동안 우리는 아무런 대화도 하지 않았다. 평소처럼 종종걸음인 내 옆에서 속도를 맞추느라 권현진은 느리게 언덕을 오를 뿐이었다.

방에 도착해서 씻고 나왔을 때, 문자가 한 통 와 있었다. 3501호. 시계를 찬 손이 익숙한 현관문에 카드 키를 대고 있는 사진이었다.

정말 웃기는 애다. 나한테 보여주겠다고 저걸 찍고 있었을 권현진. 그 모습이 상상되어서 비실비실 웃음이 터졌다. 지금 도착했다, 집이다, 어떤 설명 하나 없이 사진 하나 달랑 보낸 게 전부였다. 그런데 이 퉁명스러운 사진 한 장조차도 참 권현진다웠다.

조금, 아주 조금이지만…… 귀여웠다.

권현진을 귀엽다고 생각한 며칠 전의 나는 잠깐 미쳤던 것 같다. 미저리도 저애보다는 덜 집요할 거다.

"몇 번을 묻는 거야, 대체."

"가기만 해. 이 실장님한테 바로 전화드린다."

"이미 거절했다니까……"

권현진은 만날 때마다 내게 12월 31일 일정을 들먹였다.

"스무 살 되자마자 이상한 똘추 새끼랑 이나희 술 마시러 갔다고. 볼링장에서 외박한다고. 다 말한다."

저 머릿속에는 오늘이 이미 12월 31일이고 내가 김창진과 맥주를 마시며 볼링을 치고 있는 모양이다. 활활 타오르는 눈동자 안에서 불꽃이 튀는 게 보일 지경이었다.

"진짜 집착 대박이다, 너."

저렇게 염불을 외는데 지긋지긋해서라도 안 간다. 저애가 불안해하는 것도 황당했다. 권 회장 본가에 얹혀사는 내 처지에 외박은 말도 안 되는 일이었다. 저녁 늦게 들어가는 것도 눈치가 보이는데 외박이 웬 말인가.

"그럼 뭐할 건데. 12월 31일에 너 어디서 뭐할 거냐고."

"그날 토요일이잖아……"

토요일은 권현진의 아파트에 심부름 가는 날로 인식된 지 오래다.

"나랑 있으려고?"

권현진의 표정이 돌연 환해졌다. 민망해서 나는 애꿎은 보자기를 접으며 물었다.

"너 뭐, 약속 없어?"

"없는데."

"밖에 안 나가?"

"나가긴, 집에만 있을 건데?"

"그럼 뭐…… 마주치겠네. 나도 너희 집 올 거니까."

그랬더니 애 얼굴이 완전 싱글벙글이다. 처음 영화표를 안겨줬을 때가 떠올랐다.

"그날 밤새우면 안 되냐?"

"미쳤구나."

"아니, 밖에서. 밖에서 밤새워 놀자고."

"너 집에만 있겠다며……"

"그럼 집에서 뭐할래? 새벽까지 영화 볼까?"

"여태 한 말을 뭐로 들은 거야. 안 돼."

사실 권 회장님을 비롯한 한남동 가족들은 모두 외부 행사가 있다. 계열사 사장단을 대동하고 거하게 연말 모임을 한 뒤에 밤늦게 귀가하신다. 그날은 나도 자정을 넘겨서 들어가도 됐지만 굳이 자세히 설명하지 않았다.

"이나희, 진짜 약속했다? 그날 나랑 있기로."

"알았다니까. 너 뭐 먹고 싶은 거라도 있어? 연말이라 맛있는 거 많이 싸주실 텐데."

"그런 건 됐고."

엄마한테 말해서 특식이라도 갖다줄까 했는데. 권현진은 다른 계획이 있는 듯했다.

“종 치는 거 보러 가자.”

“안 돼…… 거기 가면 깔려죽어.”

종각역에서 하는 타종 행사는 TV로 봐야지 직접 가서 볼 게 못 된다.

“그리고 나 그렇게 늦게까지 안 된다니까.”

“그럼 몇 시에 들어가야 하는데?”

“한 8시?”

“장난하냐? 평소랑 뭐가 달라.”

“그럼 9시……?”

노려본다고 다 해결되는 줄 아나. 권현진은 제 마음에 안 드는 일이 생길 때마다 저런 식으로 불만을 표출하곤 했다.

“옥돔 간장조림 안 먹을 거지?”

나는 권현진이 먹는 반찬과 안 먹는 반찬을 분리해서 냉장고에 채워넣었다. 이제는 확실히 입맛을 알았다. 저애는 매운 음식은 어느 정도 먹는데, 된장찌개나 젓갈이 들어간 음식은 싫어했다. 마찬가지로 뼈가 있는 생선요리도 기피했다.

옥돔은 권 회장이 제일 좋아하는 생선이었다. 11월이 제

철이라고 요즘 끼니마다 올리는데, 더이상 반찬을 챙기지 않는 장 여사가 꼭 가져가라고 간섭했다. 생선은 잘 안 먹는 것 같다고 얘기했는데도 웃는 낯으로 사모님을 들먹였다.

"회장님이 본인 좋아하는 건 장손한테도 꼭 갖다주시라잖아."

식사 때마다 회장님이 권현진의 안부를 물어서 사모님이 바짝 약이 오른 모양이었다. 한 지붕 아래 살았던 손주들보다 본가에 얼굴을 자주 비추지도 않는 애를 신경쓰시니 그럴만도 했다.

권현진에게는 권 사장님의 뒤를 잇는다는 명분이 있으니까. 권진의 장손이니까.

어째서인지 속이 복잡했다. 차곡차곡 냉장고 안을 정리했다. 그러면 울렁거리는 기분이 조금 나아질까 싶었다. 옆에서 삐딱하게 팔짱을 끼고 선 권현진이 빈정거렸다.

"먹지도 않는 거 징그럽게 챙긴다."

"어차피 나 이제 자주 못 올 거야."

"왜?"

기대어 있던 몸을 떼고는 그애가 물었다. 정말 연유를 모르겠다는 얼굴이었다.

"왜긴. 나 대학 가잖아."

정말 까맣게 잊고 있던 모양이다. 권현진이 눈앞에서 배신이라도 당한 것처럼 얼빠진 표정을 지으니 황당했다.

"입학 전에 집 구해서 자취할 거야. 더이상 내가 심부름 올 일은 없을걸."

냉장고가 빨리 문을 닫으라고 삑삑 울려댔다. 얼추 정리를 마친 나는 무릎을 딛고 일어섰다.

"권현진, 너도 입시 제대로 준비하는 게 어때? 내가 참견할 일은 아니지만……"

권 회장은 학력 콤플렉스가 심했다. 그 때문에 자식들의 학업성취 사항을 꽤 신경쓰는 편이었다. 손주들이라고 다르지 않았다. 아마 권 회장이 내게 용돈을 준 것도 B여대 입학 사실 때문일 것이다. 원래 명문대이긴 하지만 B여대는 특히 어른들에게 인식이 좋았다.

"이렇게 시간 버리는 거 아깝잖아."

"알아본다던데. 장 여사가."

그걸 믿고 손놓고 있었다고? 대놓고 말은 안 해도 권현진은 장 여사를 꽤 신뢰한다. 하지만 믿을 사람을 믿어야지, 장 여사는 입시에 대해선 문외한이었다.

"입시는 시기가 제일 중요해."

어영부영하다가 때를 놓치고 만다. 권현진은 다른 권씨 일가처럼 야망이 있는 것도 아니고, 본인 앞날에 그렇게 신경 쓰는 애도 아니었다.

그렇다고 되는대로 살았다가는 권 회장에게 버려질 것이다. 엇나가는 어린 장손을 참아주기는커녕 영국으로 쫓아내린 권 회장이다. 당신의 기대를 저버리고 한량처럼 사는 권현진을 성인이 됐다고 품어줄 것 같지 않았다.

바로 그게 사모님이 바라는 바겠지. 사파리월드나 다름없는 권씨 일가에서 권현진은 절벽 아래에서 살아 돌아온 사자 새끼였으므로.

"너 혹시 윤 부장님이라고…… 알아?"

재벌가에서 일하는 사람들은 들어도 못 들은 척, 알아도 모르는 척 무조건 입다물고 사는 게 능사였다. 그걸 알면서도 내 입이 불문율을 깨고 움직였다.

"윤종오 부장님이라고, 예전에 권정무 사장님 비서실장으로 계셨던 분이라던데."

윤종오는 권정무 사장의 입사 동기였다. 비서실장까지 승승장구했던 그는 사장의 오른팔이나 다름없었다. 사장 부부가 돌아가시고 권영무 부사장이 떠오르면서 윤 부장은 다른 계열사로 전배되었다. 강제 전출이라 사실상 '권정무 흔적 지우기'의 일환이었다.

"아는데, 왜?"

"윤 부장님한테 한번 연락해보는 건 어때?"

"내가?"

"응."

아무리 봐도 장 여사는 권현진을 챙겨줄 것 같지 않다. 더군다나 입시처럼 사모님이 예민하게 생각하는 문제를.

"먼저 문자라도 넣어봐. 별로 어려운 일도 아니잖아."

외따로 있던 권현진은 자신을 도와줄 연줄이 하나도 없었다. 자기한테 미적지근한 장 여사라도 저애는 잡을 게 그것뿐인 거다. 그게 잘못된 줄이라는 걸 알면서도.

"그분이라면 흔쾌히 너 도와주실지도……"

"무슨 상관이야, 네가."

나한테 이런 얘기를 듣는 게 자존심이 상했는지, 권현진은 미간을 찌푸리더니 그대로 거실로 나가버렸다.

역시 괜한 참견이었을까. 민망해진 나는 정리할 게 없나 괜히 둘러보다가 가방을 챙겨서 주방을 나왔다.

"……그러세요. 네."

누군가와 통화중이던 권현진이 현관으로 가는 내 후드를 붙잡았다. 날짜, 시간까지 정하고서야 그애가 전화를 끊었다.

"바로 만나자는데."

"누가?"

"윤 부장."

권현진이 핸드폰 화면을 내게 곧장 보여주었다. '윤종오 비서실장.' 비서실장이라고 적힌 걸 보니 오래전에 저장해둔 것 같았다.

"전화번호가 있었네?"

"연락 오긴 했었어. 몇 년 전이지만."

명맥만 간신히 유지하고 있는 권진 건설의 중동 법인장으로 유배 갔다가, 몇 년 전 권진 인터내셔널의 제주 면세점으로 자리를 옮겼다고 했다.

권정무 사장님이 돌아가신 지도 어언 19년이 지났다. 그런데도 여전히 계열사를 떠도는 것으로 보아, 윤종오 부장이 최측근 보좌진이 맞긴 했나보다. 아마 권 회장이 전자에서 확실히 물러나면, 그때는 완전히 모가지가 날아갈 것이다. 그래서 권현진의 문자 하나에 직접 서울까지 올라오겠다는 게 아닐까.

"잘됐네."

두 사람의 만남은 서로에게 이로운 수였다. 권씨 일가를 나보다 잘 아는 엄마도 분명 그렇게 말했다. 권현진 옆에 윤 부장이라도 있으면 좋을 텐데, 하고.

"네가 하란 대로 했다."

"아니, 내가 무슨. 난 그냥, 너한테 그분이 도움이 될 거니까, 그런 의미에서."

"네가 시키는 대로 다 했다고, 이나희."

기가 막혀서. 마치 내가 윤종오 부장에게 연락하라고 명령이라도 했다는 듯이 말한다. 철저히 그 대가를 받아내겠다는 표정이었다.

"자정까지 같이 안 있기만 해봐, 너."

결국 저애의 목적은 그거였다. 12월 31일.

집요함이 먹이를 쫓는 짐승보다 더한 애였다. 지겨워서라도 그냥 내가 항복하는 수밖에 없었다.

제4장

네가 있는 달빛광장에서

12월이 되자 확연히 날이 추워졌다. 누가 겨울 아니라고 할까봐 벌써 온 사방이 크리스마스 준비로 난리였다.

계절이 바뀌면서 단조로웠던 권현진의 일상도 달라졌다.

윤종오 부장을 만난 그애는 입시 컨설턴트를 소개받고 상담도 다녀왔다. 믿기진 않지만 교과 성적이 좋았단다. 풋볼인지 럭비인지 교내 팀의 주장까지 했고. 덕분에 입시 전략이 수월한 모양이었다.

“잘됐다. 그럼 나이에 맞게 입학할 수 있겠네.”

“한 달만 일찍 들어올걸. 그럼 올해 원서 넣고, 내년에 대학 가는 건데.”

"빨리 가서 뭐해. 친구들이랑 같이 다니는 게 좋지."

내년 입시면 권현진은 동갑내기들과 함께 대학에 입학한다. 거기다 수능 준비를 위한 시간을 벌 수 있으니 권현진에게 알맞은 전략이었다.

"내년에 입학하면 네 후배 되는 거잖아, 짜증나게."

"너 우리 학교 오려고?"

"어."

당연하다는 대답이 황당했다. 내가 어디에 입학하는 줄 알고 우리 학교에 온대.

"나 B여대 들어가는데……"

"뭐?"

여대라고는 생각도 못한 듯, 권현진은 멍해졌다.

"왜 말 안 했어!"

"네가 물어보지도 않았잖아."

저애는 내가 자취 얘기를 꺼내기 전까지 대학 따위엔 조금도 관심 없었다. 당연히 서울에 있는 어느 대학이겠거니 짐작했나보다.

"아…… 씨, 나 안 해."

"안 하긴 뭘……"

"대학 안 가."

아직 입시에 별 의욕은 없어 보인다. 하지만 저애보다 윤 부장의 욕망이 훨씬 커서 다행이었다.

"야, 이나희."

권현진은 보자기 매듭을 풀던 내 손에서 반찬 보따리를 뺏어갔다. 그리고 그대로 냉장고에 처넣었다.

"25일 몇 시에 만날 거야."

"응?"

"크리스마스잖아."

"응, 그런데……?"

"나 너랑 있을 건데."

내 12월 31일을 저당잡은 권현진은 크리스마스까지 당연히 제 것인 줄 아는 모양이다. 어이가 없었다.

"나 그날 엄마 도와드려야 해. 너 사모님한테 연락 못 받았어?"

25일, 한남동에는 일가족 모임이 있다. 음력으로 세는 초대 회장님 제삿날이 이번에는 25일이었다.

"24일은?"

"제기 닦고 밑재료 준비해야지."

"이 씹……"

자기 증조부 제사에 저렇게 짜증을 내다니, 조상님이 아시면 무덤에서 쫓아나올 일이다. 저것도 장손이라고, 권 회장은 유언장까지 바꿔가며 권진 전자를 물려줄 계획을 하고 있는데.

"〈울프맨〉 2탄 나오던데, 심심하면 그거나 보러 가든가."

"신경 끄세요. 혼자 뭘 하든."

"할 거 없으면 한남동에 오든가."

"잠깐 나올래?"

큰일이다. 반색하는 권현진이 또 귀여워 보인다.

"잠깐만 나와. 어? 길게 안 붙잡을게."

"안 돼. 못 나간다니까."

"근데 왜 오래."

"회장님이 엄청 좋아하실 거야. 너 그날 본가에 들르면."

필히 제사에 참석하라는 연락을 분명 받았을 텐데, 그냥 무시하려는 거다. 그동안 권현진은 영국에 있어서 그게 가능했지만 이제 상황이 달랐다.

"회장님이 제일 신경쓰시는 게 제사랑 가족 모임이야. 말도 없이 불참하면 너 밉보일 거야. 가족들도 흉볼 거고……"

"알아서 한다고."

"그래, 알아서 해. 너 좋아할 거라고 엄마가 LA갈비 싸줬어. 아직 따뜻하니까 먹어."

내가 일어서자 권현진의 눈이 불쑥 커졌다.

"야, 왜 벌써 가는데."

"만두 빚는 거 도와드려야 해."

"잠깐만."

뒤따라온 권현진이 급하게 나를 돌려세웠다. 머리부터 발끝까지 전신을 훑는 시선이 적나라했다. 급하게 오느라 나는 교복 차림이었다.

"완전 고딩 같네, 이나희……"

"고딩 맞거든. 너도 고딩이고."

"교복 입으니까 왜 더 작아 보이냐?"

현관 앞에 선 날 붙잡은 채로 권현진이 심각하게 중얼거렸다. 이 아파트 단지에는 초등학교, 중학교는 물론 고등학교까지 있다. 교복을 입은 학생은 엘리베이터에서도 숱하게 마주칠 것이다. 그렇다고 우리 학교 교복이 특이한 게 아닌데도 권현진은 못내 신기하다는 듯이 날 훑어보았다.

키 작은데 뭐 보태준 거 있나. 그렇게까지 작은 키도 아닌데.

"나 간다. 알아서 저녁 먹어."

뚱한 표정으로 몸을 돌리는데, 권현진이 내가 메고 있던 가방을 들어올렸다. 그러고는 불시에 툭 내려놓았다.

"아!"

몸이 휘청거렸다. 내 가방에는 짐이 많았다. B동에 들르지 못한데다가 하필 오늘이 방학식이었다. 내 가방을 자기 멋대로 들었다 놨다 하는 권현진 때문에 거의 쓰러질 뻔했다. 신발을 신다가 비틀거리는 날 보면서 권현진이 삐뚜름하게 입가를 올렸다.

"이게 무거워?"

"하지 마. 초딩이야? 유치하게 진짜."

"아, 무거우세요."

피식 웃으며 권현진이 날 따라나왔다. 어깨가 가벼워서 돌아보니 검지에 내 가방 끈이 들려 있었다.

"지금 한남동 가려고요. 네."

같이 엘리베이터를 기다리며 전화를 마친 권현진은 수갑처럼 가방에 꿰인 날 데리고 주차장이 있는 지하 2층을 눌렀다. 이게 대체 뭐하는 짓인지 모르겠다. 경찰에게 연행되는

범인도 아니고.

"회장님 보러 가게?"

"아니. 야, 이나희."

물끄러미 날 내려다보던 권현진이 빈손으로 내 뒷덜미를 뒤졌다. 그게 목적이었는지 금방 목줄을 찾아냈다. 줄에 연결된 건 내 학생증이었다.

"벗어봐."

"이거 내 학생증인데……"

"어, 그러니까. 좀 보자고. 네 학생증."

일단 어깨가 가벼웠기 때문에 팔을 움직이기도 쉬웠다. 나는 교복 재킷 안쪽에 있던 학생증을 주섬주섬 목에서 뺐다.

"줘봐."

권현진의 큰 손에 있으니 학생증이 무슨 화투패처럼 작아 보였다.

"이때는 머리 짧았다?"

내 학생증 사진을 들여다보며 실실거리는 게, 평소와 달라 웃기면서도 약간 바보 같았다.

"사진 찍은 건 고등학교 입학할 때니까."

"이게 너 3년 전이라고?"

"응."

입학할 때는 턱까지 오는 칼 단발이었다. 이후로는 귀찮아서 그냥 길렀다. 지금은 등뒤 브래지어 끈 아래까지 내려올 정도로 길다.

"머리 또 자를 거지?"

"몰라. 봐서……?"

"아니다, 자르지 마. 지금이…… 아니, 단발이 귀여운데…… 아니, 긴 게 더…… 아니, 단발이……"

나와 학생증을 번갈아 보며 주접을 떠는 권현진 때문에 17층에서 탄 할머니까지 우리를 주목했다. 민망해서 얼굴이 뜨거워지려는데 할머니가 웃으며 말했다.

"남자친구가 학생을 너무 좋아한다."

"남자친구 아니에요."

당황한 내가 손을 내저었다. 원체 인성이 말아먹은 권현진은 맞다, 아니다 하는 대답조차 하지 않았다. 그저 옆에서 목을 길게 빼고 있는 할머니께 내 학생증 사진을 슬쩍 보여주었다.

"학생이 진짜 예쁘네. 단발은 애기 같고, 지금은 아가씨 같고. 이목구비가 어떻게 이렇게 올망졸망하니 예쁠까? 눈이 제일 예쁘네."

"잰 다 예쁜데요."

"그러게, 다 예쁘네."

미친 게 분명했다. 나는 얼굴이 터질 것처럼 뜨거워서 "감사합니다" 속삭이고 바로 고개를 숙였다.

"하여튼 젊은 게 최고야."

옆에서 좋게 말씀해주시는 할머니 때문에 더는 티격태격거리지도 못했다. 정신 나간 권현진은 지하 주차장에 내릴 때까지 내 학생증을 손에서 놓지 않았다.

"이제 내놔."

"방학했잖아. 개학하면 줄게."

"지금 줘."

"개학하면 준다고."

"안 돼. 너 잃어버릴 거 같아. 나 그럼 벌점이야."

"미쳤냐, 이걸 잃어버리게?"

어차피 졸업을 앞둔 마당에 벌점이 무슨 상관일까. 하지만 지금 달라고 하지 않으면 저대로 남의 학생증을 슬쩍 가져갈 기세였다.

"빨리 내놔."

"이나희, 아. 진짜……"

권현진은 짜증을 내며 내 학생증을 돌려주었다. 모르는 사람이 보면 내가 권현진 물건을 뺏어간다고 여겼을 것이다. 기가 막혔다.

"지갑 어딨어."

"내 지갑은 또 왜……"

"증명사진 없어?"

"있어도 주기 싫거든."

"좋은 말로 할 때 내놔라. 엿 같은 가방도 여태 들어줬는데."

"그게 좋은 말이야?"

불시에 내 가방을 내려놓는 권현진 때문에 순간 넘어질 뻔했다. 제 몸에 부딪힌 나를 내려다보며 그애가 피식 웃었다.

"아, 이나희."

가까운 거리에서 예고 없이 지은 미소가 나를 때렸다. 부지불식간에 얻어맞은 나는 가슴이 욱신거렸다. 굳어 있는 나를 내버려둔 채 권현진이 몸을 돌렸다. 그러곤 세단의 루프를 짚고 조수석 차창 아래로 고개를 내렸다.

"얘 좀 데려다주세요."

그 말에 김 기사님이 상체를 조수석 쪽으로 길게 빼고 되물었다.

“큰 도련님, 나희만요? 한남동 가면 될까요?”

“네.”

조수석 손잡이를 잡으려는데 권현진이 먼저 문을 열어주었다.

“잘 가라, 이나희.”

심지어 문을 닫아주기까지 한 그애가 상체를 숙이며 창문 너머 나와 눈을 맞췄다.

“다음에 안 갖고 오면 내쫓는다. 증명사진.”

권현진은 주머니에 양손을 꽂은 채 장난스러운 투로 말했다. 나는 굳이 대답하지 않았다. 멋쩍어서 김 기사님을 돌아보며 변명 아닌 변명을 했다.

“사모님이 LA갈비 맛있다고 현진이한테 갖다주라고 하셔서요.”

“아, 그래.”

김 기사님은 오해를 살까봐 걱정하는 내 마음을 다 안다는 얼굴이었다.

“데려다주셔서 감사합니다, 아저씨.”

“고맙기는. 나도 바깥공기 쐬는 거지. 가만히 대기하고 있는 거 고역이야."

우리는 두런두런 대화를 나누며 집으로 갔다. 나는 에둘러서 권현진의 인격을 흉보았고, 김 기사님은 어색하게 웃기만 했다. 대놓고 맞장구치진 못했지만 동의하는 얼굴이었다.

—바쁘냐

—증명사진 챙겨놔라

—단발 그거 꼭 갖고 와

—사진 또 뭐 있는데? 찍어서 보내봐

—몇 장 줄 건데

—일단 다 가져와

—야

—답장 좀 하지?

크리스마스이브에 권현진에게서 문자가 몇 통 왔다. 부재중 전화도 있었지만 자정을 넘긴 뒤에야 핸드폰을 봤다.

옆에 곤히 자고 있는 엄마가 깰까봐 아침에 답장하려고 했는데, 긴장한 바람에 그러지도 못했다. 행여 누를 끼칠까, 권씨 일가의 중요한 날에는 나도 엄마 따라 간을 졸였다. 답장 같은 건 생각도 못했다. 할일을 떠올리고 급히 에이프런을 챙겨입고 나오자 B동 주방에 어울리지 않는 사람이 서 있었다.

권현진이었다. 안 올 줄 알았는데, 그래도 다른 가족들처럼 검은 정장을 차려입고 왔다.

"이나희. 너 멀쩡하다?"

팔짱을 끼고 냉장고에 기대어 있던 그애가 날 보고는 등을 뗐다.

"일하다 손 부러진 줄."

한없이 삐딱한 목소리였다. 본의 아니게 크리스마스이브에 온 연락을 전부 무시한 셈이었기에 나는 뭐라 할말이 없었다. 당황스럽기도 했고, 무엇보다 주방 여사님이 제일 신경쓰였다. 불편하게 구석에 서서 더덕 껍질을 까고 계시는 게, 설마……

"너 여태 여기 있었어?"

"어."

향이 날아갈까봐 일부러 아침에 까려고 남겨둔 더덕이었다. 권현진 때문에 괜히 여사님이 벌서는 꼴이다. 난감하게 날 쳐다보는 여사님 얼굴이 빨리 큰 도련님을 A동으로 보내라는 눈치였다.

"여기서 계속 너 기다렸는데."

"그런 말 하지 마, 권현진……"

나는 급히 권현진에게 다가가서 최대한 조용히 소곤거렸다. 다행히 그애가 순순히 고개를 숙였다.

"뭐. 무슨 말."

"그런 이상한…… 오해받을…… 그냥 아무 말 하지 마, 너."

저 여사님이 입이 가벼운 건 아니었지만 괜히 눈치가 보였다. 나는 일부러 목소리를 높여서 권 회장 얘기를 꺼냈다.

"회장님께 인사는 드렸어?"

"아니."

"지금 제사상 차리고 있을 텐데, 빨리 가봐. 아마 너 찾고 계실걸."

"누가 날 찾아."

그냥 빨리 좀 나가라고 등을 떠미는데, 권현진이 내게 손을 내밀었다.

"내놔."

이자 받으러 온 일수꾼처럼 당당하기 짝이 없는 태도였다.

"달라고. 사진."

"……줄게. 이따가 진짜 줄게."

"이따가 언제?"

집착이 정말이지 무시무시한 애였다. 더 시달리지 않으려면 그냥 줘버리는 게 나았다.

"먼저 회장님한테 가서 인사부터 드려. 빨리. 손님들 오시면 회장님 뵙지도 못해."

권 회장은 슬하에 4남 2녀의 자식들을 두고 있다. 손주들까지 하면 엄청난 대가족이라, 한번 모이면 본관 동에 줄을 서서 들어갈 정도였다. 다들 잘 보이려고 권씨 일가의 제삿날은 빠지지 않고 참석하기 때문에 아침부터 인산인해였다.

"넌 뭐하는데?"

"난 여기 있어야지."

제사상 음식이나 상차림은 엄마와 다른 여사님들의 몫이었다. 나는 B동에 대기하면서 내선전화나 받고 혹시 모를 심부름을 다녀오는 게 전부였다.

"빨리 가. 그리고 집에선 되도록 나한테 말 걸지 마."

"왜?"

권현진이 당최 이유를 모르겠다는 눈으로 날 쳐다봤다.

역시 도련님은 순진하구나, 하는 생각이 든 건 처음이었다. 정말 곱게만 자란 애였다. 나와 이 집안 장손 사이에 어마어마하게 큰 계단이 있다는 걸 본인만 몰랐다. 그래서 내 입장이 가끔 곤란하다는 사실도.

"그냥, 하지 말라면 좀 하지 마."

"알았다고."

내 성화에 A동으로 향하던 권현진이 별안간 연못을 향해 고갯짓했다.

"야, 저거 미친놈이야."

거기엔 권준영이 있었다. 국회의원인 권형무의 아들이자 회장의 막내 손주. 권현진을 똑 닮은 사촌 동생은 푸르뎅뎅하게 멍든 눈을 마귀처럼 치뜨고, 연못의 잉어를 들여다보고 있었다.

평화로운 분위기와 상반되는 위험한 기운을 온몸으로 내뿜는 저애도 알 만했다. 눈빛만 봐도 성품이 느껴진달까.

"싸가지 없으니까 상종도 하지 마."

그렇지만 내 눈에는 똥 묻은 개가 겨 묻은 개를 나무라는 꼴이었다.

"너도 마찬가진데……"

"뭐?"

제 사촌을 세차게 노려보던 권현진이 과녁을 내게로 돌렸다. 나는 움찔했다. 그러나 뱉은 말을 담을 수는 없는 노릇이었다.

"야. 크리스마스라고."

"미안……"

"짜증나, 이나희."

눈을 흘기던 권현진이 신경질을 내며 등을 돌렸다. 아무래도 한 장 주려고 했던 증명사진을 몇 장 더 준비해야 할 듯싶었다.

"핸드폰 들고 있어. 전화 안 받으면……"

"나 전화 못 받아."

"전화를 왜 못 받는데. 너만 뭐 교도소에 들어가 있냐?"

"아무튼 할 얘기 있으면 문자로 해."

마음에 안 든다는 듯 권현진이 한숨을 내뱉었다. 엄청나게 뾸난 얼굴이었다.

"왜…… 무슨 얘기하려고 그러는데. 그냥 메시지 보내면 되잖아."

"답장 안 하기만 해. 아까처럼 네 방, 문 앞에서 기다린다. 농담 아니다, 이나희."

"농담 아닌 거 알거든."

A동으로 들어가려던 그애가 내게 신신당부했다. 사람을 어찌나 달달 볶는지, 이제 보니 일수꾼보다 더한 애였다.

제사가 끝나자마자 일가는 권 회장을 필두로 모여서 차담을 한다. 권현진은 그런 어색한 자리에는 끼지 않고 제 아파트로 돌아간다고 했다. 한남동을 떠나기 전에 우리는 CCTV 사각지대에서 만났다. 같이 쌍쌍바를 먹던 대문 밖 그곳이었다.

"권현진."

내가 부르자 전방을 향해 있던 그애의 넓은 등짝이 이쪽으로 돌아섰다.

"왜. 말 걸지 말라더니."

"여긴 집 밖이잖아."

"철저해서 참 좋으시겠네요. 됐고."

빈정거린 권현진이 내 앞에 손을 척 내밀었다.

"내놔."

"……순간 네가 나한테 어떤 물건을 맡겨둔 줄 알았어."

"내놓으라고."

목적은 내 증명사진이었다. 권현진은 두 장의 사진을 강탈해갔다. 단발머리를 한 학생증 사진과 가장 최근에 찍은 증명사진이었다. 퍽 당당하게 요구한다 싶었는데……

"이게 뭐야?"

"네 거."

놀랍게도 권현진은 내게 뭔가를 건넸다. 크리스마스라고 염불을 외더니 제 딴에는 교환할 선물을 준비한 듯했다. 내용물이 뭔진 몰라도 종이봉투부터 고급스러운 느낌이 물씬 풍겼다.

"됐어. 나 이런 거 안 줘도 돼."

"버려, 그럼. 쓰레기통에 처넣어."

내 사진에 눈을 박고 있던 권현진이 말했다. 기가 막혔다.

"너 말을 어떻게 그렇게 못되게……"

"이따 저녁에 못 나와?"

한참 사진만 들여다보던 권현진이 불쑥 고개를 들었다. 웃는 낯이라 그런지 좀 예뻐 보였다. 불시에 마주친 시선에 심장이 덜컹해서 한 박자 늦게 답을 했다.

"뒷정리해야지. 엄마 도와드려야 해."

"야. 오늘 크리스마스라고!"

"너 불교잖아……"

권 회장 일가가 모두 불교였다. 근데 왜 이렇게 성탄절 타령인지 참.

"간다. 12월 31일 잊지 마. 아침에 와."

그래도 기분이 좋은지 권현진은 실실 웃으며 뒷걸음질로 멀어졌다. 언덕길을 오르면서는 심지어 손까지 흔들었다.

"뭐하려고…… 왜 아침부터 오래."

"뭐하긴. 나랑 놀아줘야지, 나희야."

A동 대문으로 향하는 그애가 장난스럽게 대꾸했다. 맞먹다못해 이제는 거의 강아지를 부르는 뉘앙스였다.

"내가 누나거든."

"어, 나희야. 오빠도 알아."

"저거 미쳤네. 권현진, 너 이거 도로 가져가."

"버리라니까?"

그렇게 말하며 권현진은 별안간 웃음을 터뜨렸다. 근사한

눈매가 접히며 결 좋은 머리카락이 겨울바람에 휘날렸다.

하얀 치아와 그애의 머리 위에서 부서지는 햇살. 날 보면서 뒤로 걷는 권현진의 얼굴이 화살처럼 불쑥 가슴에 박혀왔다.

갑자기 바보가 된 것처럼 헤실거리던 그애가 눈앞에서 사라진 뒤에도 나는 한참 대문 앞에 서 있었다.

얼마 지나지 않아서 세단이 눈앞을 지나갔다. 그 짧은 찰나에도 먼저 날 알아본 권현진이 뒷좌석 창문을 내리고 손에 쥔 핸드폰을 들어 보였다. '전화할게.' 아마 그런 뜻인 것 같았다.

나는 엄마가 없을 때 권현진이 주고 간 선물을 꺼내보았다. 봉투 안에는 파스텔톤의 연두색 벨벳 상자가 있었다. 열어보자 새빨간 보석이 박힌 네잎클로버 모양의 목걸이와 팔찌 세트가 나왔다. 화장실 거울 앞에서 그 목걸이를 한번 대보기만 했다. 세공이 섬세한 게 딱 보기에도 비싼 액세서리라 눈에 확 띄었다.

이런 걸 하고 다녔다가는 엄마와 여사님들이 이것저것 물어볼 게 뻔해서 봉인하듯 상자째로 옷장 깊숙이 집어넣었다. 그 순간 내 행동을 다 본 것처럼 핸드폰이 울려댔다. 이후로 몇 차례 전화가 더 왔지만 받지 않았다.

—벌써 자냐

권현진.

세 글자 이름 위에 자연히 그 얼굴이 떠올랐다. 날 보면서 멀어지던, 차가운 회색 담벼락 옆에서 세상을 다 가진 듯 행복하게 웃던 그애가. 내가 빚진 그 미소가.

귀찮은 심부름이라고 명명했고, 대학교 입학 후에는 멀어지려 했다. 오로지 내 편의대로만 생각했다. 그랬던 권현진의 연락은 숨죽인 내 죄책감을 자극한다. 내가 옆에 없을 때도 나를 떠올리는 그애 때문에.

가까워져봤자 우리는 오래 만나지도 못할 거야. 내가, 혹은 네가 애써 멀어지려 하지 않아도 순리가 우리를 흩트려놓을 테니까.

혼자 발광하는 핸드폰 화면을 내려다보면서 나는 영원히 꺼내지 못할 말을 곱씹었다. 그애를 생각할수록 심장 부근이 지끈거리는 게, 영 좋지 않은 징조였다.

드디어 12월 31일이다. 크리스마스 날부터 일주일간 내게 전화와 문자를 모조리 씹힌 권현진은 길길이 뛰며 결국 한남동으로 찾아오겠다고 통보했다.

—현진아 내가 일찍 갈게

그렇게 답장을 보내고서야 핸드폰이 잠잠해졌다.

오후 무렵, 권현진의 집으로 갔다. 일부러 늦은 건 아니다. 사모님과 장 여사님이 오븐에 넣어둔 칠면조를 가져가라고 했는데 익었네, 안 익었네, 어영부영하다 늦어졌다.

다 변명이다. 사실은 그애가 나를 기다리고 있다고 생각하자 쉽게 발이 떨어지질 않았다.

미성년을 벗어나는 나의 마지막 날. 오늘을 기점으로 무언가 달라질까 막연히 겁이 났다. 회장님 저택의 향나무도, 훌쩍 높은 담벼락도 그냥 모든 게 무서웠다.

"아침에 온다며."

미안하게도 권현진은 머리부터 발끝까지 완벽하게 세팅한

채로 나를 기다리고 있었다. 내가 겨울에 주로 입는 더플코트와 비슷한 착장이었는데, 저애가 입은 건 때깔이 달랐다. 재질이 말도 못하게 고급스러웠다. 권현진은 끙끙거리며 들고 온 상자를 내 손에서 가져갔다.

"그거 칠면조인데, 저번에 제사 때문에 크리스마스에 못 먹었다고 사모님이."

"답장 왜 안 했는데."

"늦게 봐서……"

"김창진 만났지, 너."

"아니, 헛소리 좀…… 갑자기 창진이 얘기가 왜 나와."

"창진이? 아, 친구. 둘이 친한 친구 사이였지. 친구 많아서 좋겠다, 이나희?"

애가 살무사처럼 바짝 독이 오른 상태였다. 더 듣고 있다가는 저 입에서 무슨 소리가 나올지 몰랐다.

"우리 한강 갈래?"

나는 권현진을 데리고 무작정 밖으로 나갔다. 그애는 내가 무슨 장대한 계획이라도 짜온 줄 알았는지 얌전히 뒤따라나왔다.

"이제 뭐할 건데."

"음……"

"뭐할 거냐고."

쉽게 대답이 나오지 않았다. 사실은 한강에 가자고 하면 춥다고 어영부영하다 각자 일찍 집에 돌아갈 줄 알았다. 이 엄동설한에 여기서 우리가 뭘 한단 말인가.

한강 둔치에는 고목나무에 붙은 매미처럼 삼삼오오 짝을 이룬 지독한 커플만 천지였다. 12월 31일이 특별한 날이기는 하구나 싶었다. 날이 추우니 이만 헤어지자 하기엔 때를 놓쳐버렸다. 나는 눈을 굴렸다. 여기서 대체 뭘 해야 하나……

"우리 자전거 탈래?"

"저거?"

권현진이 커플 자전거를 가리켰다. 나들목 사이로 빠르게 지나가는 걸 용케도 봤다.

"난 따릉이 말한 건데……"

"저거 타자."

"저거 타려면 대여소까지 가야 해. 겨울이라 운영도 안 할걸."

"야, 재네는 지금 타잖아."

곧 죽어도 2인 자전거를 타야겠단다. 내가 늦기도 했고,

일부러 답장을 안 한 것도 맞기 때문에 오늘만 참아주기로 했다. 권현진의 고집에 겨우겨우 대여소를 찾아 자전거를 빌렸다.

"나 페달 안 밟을 거야."

"그러시든가요."

커플 자전거 앞자리에 탄 권현진은 한강의 칼바람을 고스란히 맞으면서도 즐거운 모양이었다. 두런두런 대화를 나누고 있으니 다행히 기분이 좀 풀린 듯, 부드러운 목소리였다.

"너 목표가 어디라고?"

"S대."

윤종오 부장의 아내가 서울에서 학원을 운영한단다. 제주에서 근무하는 윤 부장 대신 아내분이 권현진을 물심양면으로 돕는 듯했다.

"갈 거면 최고 좋은 대학으로 갈 거야."

"너 S대 붙으면 회장님 진짜 기절하실걸."

아직 권 회장의 손주 중에는 S대 출신이 한 명도 없었다. 사모님 아들 권승주도 조부에게 인정받기 위해 3수까지 했지만 끝내 S대의 문턱을 넘는 데 실패했다.

"그럼 영국에는 다신 안 돌아가?"

"갔으면 좋겠냐?"

페달을 밟던 권현진이 짜증스럽게 나를 돌아봤다.

"이럴 줄 알았다. 윤 부장 만나보라고 등 떠밀 땐 언제고."

"등 떠밀긴 무슨, 나 좋은 일 하려고 그런 것도 아니잖아."

"너 아니었음 연락하지도 않았어, 이나희. 씨, 네가 하란 대로 다 했는데."

억울한 게 많았나보다. 단단히 삐친 기세였다.

"서울에 있는 것도 열받는데. 다 참고, 다 견디려는데, 이제 와서……!"

변명 대신 나는 권현진의 허리춤을 살며시 붙잡았다. 정지 버튼을 누른 것처럼, 더는 성난 목소리가 들려오지 않았다. 한참 한강을 달리며 겨울바람을 쐬다가 권현진이 문득 입을 열었다.

"윤 부장이 장 여사한테는 비밀로 하라던데. 자기랑 연락하는 거."

"아무래도 장 여사님은…… 사모님 귀에 들어가니까."

윤 부장 입장에서도 권진의 장손과 접촉하는 건 리스크가 컸다. 후계자였던 장남이 세상을 떠나기 전까지, 차남 권영무는 본가에 발도 들이지 못했었다. 계열사로 그룹에 복권되었다가, 지지부진한 성과만 내며 신뢰를 얻지 못했던 권영무는 회장 주변을 하나둘씩 함락하며 권진 전자로 입성했다.

그 지난한 과정 때문에 권영무 부사장은 아직도 권진 전자에 남은 장남의 흔적을 용납하지 못했다. 들개처럼 떠돌고 있는 윤 부장이 바로 그 예였다.

"좀 멈춰봐 봐."

"저기?"

권현진이 청량한 하늘색의 컨테이너 박스를 눈짓했다. 편의점이었다.

"응. 목말라서."

겨울이라 해가 일찍 졌다. 춥기도 하고, 슬슬 배도 고팠다. 마침 파라솔 벤치 자리가 하나 남아 있었다. 나는 곧장 편의점으로 들어가려는 권현진의 소매를 잡았다.

"여기 앉아 있어."

"목마르다며."

"내가 사올게."

"또 혼자 어디 가는데."

"그냥 거기 좀 있어! 자리 뺏긴단 말이야."

따라오려는 권현진에게 테이블을 사수하라 명령하고, 나

는 편의점으로 들어갔다. 봉지 신라면 가격이 거의 정가의 열 배는 뻥튀기됐지만 불평할 순 없었다.

국물이 찰랑거리는 뜨거운 종이 그릇을 양손으로 들고 오는 날 보며 권현진이 의아해했다.

"뭐냐?"

"라면."

입에 물고 온 핫바 때문에 발음이 뭉개졌다. 주머니에서 삼각김밥까지 꺼내놓자 테이블 위에 완벽한 한강 세트가 차려졌다.

"저번에 네가 밥 사줬잖아."

물론 그 비싼 초밥과는 비교도 안 되겠지만, 이만하면 한강에서 먹을 수 있는 진수성찬이었다.

"라면 안 먹어."

"안 먹기는, 못 먹는 거겠지."

"뭐?"

"매운 거 잘 못 먹잖아, 너. 기다려봐."

그럴 줄 알고 권현진을 위한 짜파게티도 기계 위에 올려놓고 왔다.

"뭐야, 이거. 까맣고……"

권현진은 내가 김치찌개에 케첩을 넣었을 때보다 더 불신하는 얼굴로 짜파게티를 내려다보았다.

"너 짜파게티 처음 봐?"

"……이런 거 안 먹어."

나무젓가락까지 건넸는데도 퉁명스럽게 음료수 뚜껑이나 까고 있었다. 잘만 먹을 거면서 또 저런다.

"한 번만 먹어봐, 응? 한 입만."

"됐다고."

"현진아, 제발."

계속된 내 성화에 권현진은 영 내키지 않는 듯이 짜파게티를 뒤적이다 결국 한 젓가락을 입에 넣었다.

"괜찮지? 맛있지?"

눈썹이 들썩였다. 분명히 봤다. 처음 먹어보는 짜파게티의 짭조름한 맛이 꽤 입에 맞았나보다. 권현진은 묵묵히, 성실하게 그릇을 싹싹 비워냈다. 그쯤 되자 안 물어볼 수가 없었다.

"혹시 오늘 굶었니?"

"어."

"진짜 한 끼도 안 먹었어?"

권현진은 눈을 내리까는 것으로 대답을 대신했다. 내가 괜히 아침에 온다고 해서 애가 쫄쫄 굶고 있었구나. 미안해서 핫바도 하나 더 까서 권현진 앞에 밀어주고, 라면에 넣은 계란도 통째로 건져주었다.

"계란 아무나 못 넣는 거야. 노른자 터지지 않게 하는 게 기술이거든."

입맛이 돌았는지 아, 하고 입을 벌리길래 계란을 입에 쏙 넣어주었다. 애가 좀 툴툴거리긴 해도 입에 뭘 넣기만 하면 그뒤에는 조용해진다.

"너 잘 먹는다."

흐뭇해서 웃었더니 권현진이 대번에 눈을 흘겼다.

"아니, 보기 좋다고……"

연말이라 한강에는 선상 파티를 하는 유람선들이 둥둥 떠다녔다. 검은 강물 위로 황금색 조명이 화려하게 반짝였다. 한강 너머에는 점점이 늘어선 빨간 백라이트 불빛이 가득했다.

줄지은 자동차 행렬에 도로가 얼마나 꽉 막혔는지 짐작되고도 남았지만, 지금 우리는 멀리서 한가롭게 그들을 구경하는 관객이었다. 도로 위 운전자들은 속이 탈지 몰라도 우리가 보기에는 꽤 아름다운 광경이었다.

"너 영국 어디에 있었어?"

"런던."

어지러운 테이블 위를 정리하느라 권현진이 날 쳐다보지도 않고 대답했다.

"런던은 뭐…… 가본 적이 없어서 모르겠지만. 당연히 거기도 좋겠지. 근데 있잖아."

그애가 살짝 눈만 올려서 날 응시했다. 뭔 소리를 하나, 그런 얼굴이었다.

"서울도 되게 좋아."

권현진이 이 말 많고 탈 많은 도시를 사랑했으면 좋겠다. 그래서 외로운 저애가 더이상 외롭지 않았으면 좋겠다. 이건 나뿐 아니라 우리 엄마의 바람이기도 했다. 권현진을 옆에서 오래 봐온 사람들의 바람.

"저 야경 봐. 진짜 예쁘지 않아?"

자아를 형성하는 소년기 시절을 외국에서 보내고 온 저애한테는 이 도시가 낯설고, 정붙이기도 어려울 것이었다. 친구도 없고, 하물며 가족이라 여길 만한 사람도 없으니까.

게다가 서울은 적응하기 어려운 도시다. 여기서 태어나고 자란 나에게도 늘 그랬다. 당장 내가 선망하는 저 눈부신 야경은 이 늦은 시간까지 일하는 사람들의 애환으로 빚어졌다. 남의 고된 노동이 한강 다리 너머에선 누군가의 희망이 되고 로망이 된다니 아이러니가 아닐 수 없었다.

"천국도 지옥이 될 수 있고, 지옥에서도 천국에 있는 것처럼 살 수 있다."

"……"

"이거 회장님이 하신 말씀이야."

아마 이 명언의 최초 발원지는 다른 누군가겠지. 권 회장이 이렇게 멋있는 말을 직접 떠올렸을 리 없으니까.

"사는 곳이 어디든 그런 건 배경일 뿐이고, 진짜 천국과 지옥은 사람의 마음속에 있다. 모든 건 마음먹기에 달렸다. 그런 뜻으로 하신 말씀 같아."

나는 한강 야경에서 눈을 떼지 않았다. 권현진도 같은 곳을 보고 있었다. 플라스틱 의자에 등을 파묻은 채로 우리는 한강 위에 흘러가는 유람선을 구경했다.

"우리 할배, 근엄한 척하고 다녀도 그냥 할아버지야. 다른 집 늙은이들이랑 똑같아."

"응."

그야 당연히 너한테는 그렇겠지. 네 핏줄이고 네 할아버지니까.

"걱정 많고, 뭐해라 뭐하지 마라, 밥 잘 먹고 다녀야 한다, 잔소리 많고. 그냥 평범한 늙은이야. 우리 할배."

권현진은 권 회장이 일반인과 하나도 다르지 않다고 강조했다. 솔직히 와닿지는 않았다. 내 옆에 앉아 있는 저애만 해도 그랬다. 지나가는 누군가의 눈에는 우리가 평범한 친구 사이처럼 보일지 모르지만, 권현진은 한남동의 '큰 도련님'이고 나는 그 집의 수많은 고용인 중 한 명인 '식모의 딸'이었다.

그런 주제에, 내 처지에 감히 저애를 가여워하는 게 말이 되는 건가. 나는 권현진에 한해서는 주제 파악이 좀 안 되는 것 같다.

"손주라고 얼굴 보면 용돈 주고, 해주고 싶은 것도 많고…… 부모 없다고 어디 가서 후레자식 소리 듣고 나 기죽을까봐."

아무래도 나는 제정신이 아니었다. 허무하게 웃는 저 얼굴이 안아주고 싶을 만큼 슬프고 외로워 보였다.

"이제 일어나야겠다."

"이나희. 벌써 간다고……?"

권현진이 못내 아쉬운 듯이 눈매를 구겼다.

“아직 10시도 안 됐는데?”

그렇게 말한 뒤 입을 다물고는 가만히 날 응시했다. 오늘따라 한없이 까맣게만 보이는 저 눈동자가 겨울 강물처럼 춥고 안쓰러웠다.

“그럼…… 조금만 더 있을까?”

“어.”

냉큼 대답한 권현진의 얼굴이 환해졌다.

“같이 있어줘, 이나희.”

엄마한테 전화해보니 역시나 권 회장님은 연말 모임에 참석하셨다고 했다. 술을 좋아하는 부사장님 내외도 새벽에나 들어오실 거다. 딱 자정만 넘기고 가야지. 이 정도의 일탈은 괜찮지 않을까? 스무 살이 되는 밤인데.

“회장님 말씀 좀 잘 들어. 삐딱하게 굴지 말고. 다 너 잘되라고 그러시는 거야. 네 가족이니까.”

자기 앞가림이나 하기 바쁜 이 험난한 세상에 나를 진심으로 걱정해주는 건 핏줄뿐이다.

“좋은 것만 입에 넣어주고, 나쁜 건 치워주고 싶은 게 회장님 마음이야.”

"너도 잔소리하네."

"진짜 너 생각해주는 사람 회장님밖에 없어."

"잘났다. 존나 어른이세요."

회장님이 이해가 돼서 했던 말인데, 권현진에겐 꼰대처럼 들렸나보다. 장난기어린 손이 내 볼때기로 향했다.

"중딩같이 생긴 게."

"아, 하지 마."

날 괴롭히려는 그애를 피해서 이리저리 고개를 흔드는데, 눈이 동그래진 권현진이 내 얼굴을 빤히 들여다보았다.

"이나희, 너 추워?"

"그럼 넌 이 날씨에 안 추워?"

그러고 보니 저애는 이 한겨울에도 코트와 머플러를 옆에 벗어놓고 있었다. 몸에 열이 많아서 그런가. 추위를 잘 못 느끼는 듯했다.

"좀 걷자. 앉아 있어서 더 춥다, 너."

집에 가는 선택지는 없니. 그래도 권현진은 내게 자신의 머플러를 둘러주었다. 전에 내가 입었던 니트와 비슷한 버건디 색상이었다. 부드러운 머플러에서 권현진의 냄새가 났다. 비현실적으로 좋은 꽃향기가. 엘리베이터에서 저애한테 폭

파묻혔던 것처럼, 꼭 권현진에게 안겨 있는 기분이었다.

우리는 고수부지를 걸으며 이런저런 실없는 얘기를 나눴다.

"무슨 과 갈지 생각해봤어?"

"아니."

"지금부터 고민해봐. 그러면 원서 쓸 때 편해."

"넌 왜 건축과 갔는데, 어울리지도 않게."

내가 내 전공과 어울리지 않는다는 건 대체 무슨 뜻일까. 캐물어봤자 기분만 나쁠 게 뻔했다.

"너 이제 스무 살이다, 이나희."

계속 시계를 확인하던 권현진이 말했다. 성인이 되는 건 난데, 정작 나보다 훨씬 의식하는 것 같았다.

"벌써? 잠깐만 있어봐."

"야, 또 어딜……"

자정에 가까워졌길래 나는 편의점으로 가서 맥주를 집었다. 당당하게 민증을 보여주고 계산을 하는데 괜히 두근두근했다. 정당한 나이가 됐는데도 어쩐지 금기를 깨는 것처럼 짜릿했다. 맥주를 들고 오는 날 보면서 권현진이 장난스럽게 말했다.

"술도 마시고. 어른 다 됐네, 이나희."

"네 것도 샀는데. 이거."

긴 벤치에 앉으며 막대사탕과 뜨거운 꿀물을 권현진에게 건넸다. 대놓고 애 취급했다고 발끈할 줄 알았는데, 권현진은 피식 웃으면서 꿀물과 막대사탕을 받았다.

"예, 고맙습니다. 누나."

처음 듣는 누나 소리에 깜짝 놀랐다. 눈이 확 커진 채로 권현진을 돌아보자, 자연스럽게 내 손에서 맥주를 빼앗아갔다.

"너 그거 마시면……!"

"뭐."

치익, 캔 뚜껑을 딴 권현진이 맥주를 고스란히 내게 돌려줬다. 처음부터 그 목적뿐이었던 것처럼.

"맥주 안 마셔. 너나 드세요."

"……아까처럼 불러봐."

"뭐?"

"아까, 누나라고……"

"그렇게 불러드려요? 누나?"

"응. 계속 그렇게 불러. 듣기 좋다."

"너 하는 거 봐서."

역시 더럽게 싸가지 없는 애다. 금방 꿀물을 다 마신 권현진은 막대사탕을 깠다. 특별히 내가 고르고 고른 포도맛이었다. 불손한 권현진의 입속에 들어간 막대사탕은 꼭 담배처럼 보였다. 나는 그 모습을 훔쳐보면서 맥주를 마셨다. 이상한 맛이었다. 쓴 탄산수 같았다.

"권현진, 너 사탕 좋아하지."

"아니."

긴 다리를 뻗으며 주머니에 한 손을 찔러넣은 그애가 타액으로 반들거리는 보라색 사탕을 빙글빙글 돌렸다.

"누나가 주셨으니까 그냥 먹는 건데."

저애한테서 나오는 '누나' 소리가 대체 왜 이렇게 좋은 걸까. 찬희한테 매일 듣던 호칭인데 권현진이 누나라고 불러주니 귀가 녹는 것 같았다. 실제로 나는 치솟는 광대를 주체하지 못하고 있었다.

들고 있던 맥주를 나도 모르게 벌컥벌컥 마셨다. 그런 나를 계속 바라보고 있던 권현진이 씩 웃었다.

"진짜 좋아하네…… 이런 취향이세요?"

"무슨 취향?"

"누나, 누나 하는 거."

딱히 생각해본 적은 없었다. 그런가? 나는 그냥 저애가 나를 '누나'라고 부르는 게 좋은 거다. 어지러운 내 머릿속을 읽은 것처럼 권현진이 질문을 바꿨다.

"이나희, 너 이상형이 뭔데?"

"나느은……"

저절로 말꼬리가 길어졌다. 이상형이라. 맥주를 더 마셨다. 그러자 평소 내가 좋아하던 배우가 떠올랐다. 그의 영화 속 모습을 좋아했다.

"시골 경찰. 나는 시골 경찰 같은 사람이 좋아. 무슨 느낌인지 알지."

강 건너 네온사인이 흔들거린다. 느리게 눈을 깜빡였다. 몸이 나른했다. 언제부터인지 나는 헤실거리며 웃고 있었다.

"시골 산동네에서 할머니, 할아버지가 부르면 달려가서 일 도와주는 사람 있잖아. 엄청 순박한 농촌 총각. 사기당할까봐 걱정될 만큼 착한 사람. 무슨 느낌인지 알지."

누군가 반대쪽 어깨를 만졌다. 옆을 돌아보자 길고 예쁜 손만 보였다. 권현진의 손이었다. 벤치 등받이 위로 길게 팔을 뻗고선 내 어깨를 쿡쿡 건들며 장난을 걸고 있었다.

"뭐야……"

다시 고개를 돌리는데, 서로의 얼굴이 생각보다 가까웠다. 코앞에서 나는 또 웃었다. 눈을 맞춘 채로 권현진이 날 따라서 웃는다.

예쁘다. 시선을 뗄 수가 없었다. 싱그러운 저애가 너무 예뻐서 나는 더 크게 웃었다.

"이거 취했네……"

"무슨 느낌인지 알지."

"모르겠는데요. 무슨 느낌인지."

"넌 진짜 내 이상형 아니야."

"누가 물어봤냐? 물어본 것만 대답하세요, 누나."

"진짜 아닌데, 근데."

이상한 기분이었다. 지금 말하고 있는 사람은 분명 나인데, 내가 아닌 것 같다.

"근데 너, 진짜 엄청…… 잘생겼어."

"야, 이나희. 그만 마셔. 얼굴 빨갛다."

픽 웃으며 권현진이 내 손에서 맥주를 가져갔다. 저애도 나도 오늘따라 웃음이 헤펐다.

"뭐야. 얼마 마시지도 않았네?"

캔을 살짝 흔들어보던 권현진이 어이없다는 듯 웃었다. 내 눈에도 맥주캔은 여전히 묵직해 보였다.

"몇 모금 마셨어. 세 모금 마셨어?"

위험하다. 내 쪽으로 고개를 숙이면서 살피는 목소리가 귀를 녹일 듯 다정하게 들렸다.

"어떻게 그거 먹고 취하지. 진짜 황당하다, 이나희."

"나 안 취했거든."

"안 되겠다. 집에 가자. 너 춥다."

말릴 새도 없이 권현진이 내 맥주를 하수구에 콸콸 쏟아버렸다. 그러곤 한 손으로 캔을 구겨서 쓰레기통에 던져버렸다. 요란한 소리가 났다.

"일어나, 이나희. 집에 가게."

언제는 같이 있어 달라더니. 이제는 날 집에 보내고 싶어서 난리였다.

"가자. 빨리."

설마 취했다고 내가 귀찮은가? 어이없다. 나는 지를 얼마나 잘 챙겨줬는데. 라면도 끓여줬는데. 심지어 딱 한 개 넣은 계란도 직접 먹여줬다. 우리 찬희한테도 내가 입에 넣어준 적은 없는데……

뭔가 분했다. 화가 치밀었다. 취객의 전형적인 특징인 급격한 감정 변화를 몸소 체험하는 중이었다.

"집에 가자니까."

권현진이 잡으라는 듯 내게 손을 뻗었다. 짜증은 나는데, 저 손은 탐이 났다. 크고 든든해 보인다. 손가락도 길쭉하고. 마디마디가 굵은데도 예뻤다, 모른 척 꽉 잡고 싶을 만큼.

하지만 그러기에는 아직 정신이 온전했다. 속이 답답했다. 용기 없는 내가 싫어졌다. 저 손을 잡을 만큼 완전히 취하지 못한 것도 아쉽다. 세상에 마음대로 되는 일이 하나도 없어. 갑자기 오기가 치솟았다. 나는 눈을 부릅뜨고 벤치에서 일어났다.

"혼자 갈 수 있어."

"어딜 혼자 가시려고요."

타이르는 듯한 권현진의 말투가 평소와 달리 부드러웠다. 내가 취해서 뾰족해지자, 저애가 유난스럽게 자상해졌다. 우스운 일이었다.

"됐어. 너희 집은 여기서 가깝잖아. 나 혼자 가도 돼."

"나도 한남동 갈 건데?"

권현진이 벤치 옆에 버려진 내 가방을 집어들었다. 취객답게 나는 지금 지갑이 든 가방 따위엔 관심도 없었다. 인상을 파 찡그린 나는 한강변에 세워진 웅장한 아파트 단지를 가리켰다.

"야! 저기가 네 집이잖아."

"오늘은 너희 집 가서 잘게."

"거기도 네 집이잖아. 권현진. 짜증나."

"어, 그러니까. 나 우리집 가서 잔다고."

권 회장의 본가에는 저애가 어릴 적에 사용하던 방이 아직 남아 있었다. 하지만 가족들이 불편해서인지 권현진은 그 방에서 묵고 간 적이 없었다.

"잠깐 다시 앉아보세요, 누나."

"왜……"

떠미는 힘에 반강제로 다시 벤치에 앉혀졌다. 그런 내 앞에 권현진이 한쪽 무릎을 꿇고 앉았다.

"운동화 끈은 죄다 풀고 다니시고."

섬세하게 끈을 묶다 말고 그애가 불쑥 고개를 들었다.

"오늘따라 손이 많이 가시네요, 누나."

매번 올려다보기만 했던 애가 내 아래에 있으니 사뭇 낯설었다. 확 달라진 우리의 눈높이가. 괜히 얼굴이 뜨거워서 나는 저 멀리 한강으로 시선을 던졌다.

"귀찮으면 하지 마. 누가 해달랬나."

"귀엽다고. 왜 장난도 못 치게 하세요."

"짜증나……"

"짜증나도 누나가 좀 참으세요."

갑자기 한강 광장에 쩌렁쩌렁한 음악소리가 울렸다. 그 웅장하고 감미로운 선율을 따라서 반포대교가 꿈틀거리기 시작했다.

"권현진, 권현진."

"왜."

"빨리 저거 봐."

돌아보는 권현진의 넓은 어깨 뒤에서 오색 찬란한 빛이 뿜어져나왔다. 반포대교의 음악 분수였다. 동절기에는 아예 가동하지 않는데 연말이라고 특별히 켠 모양이었다.

"엄청 예쁘다. 그치."

"그러네."

잠깐 쳐다본 권현진은 이내 관심 없다는 듯 고개를 돌렸다. 그러곤 내 운동화 끈을 묶는 데 집중했다.

결 좋은 머리카락이 흔들린다. 불어오는 바람을 따라서 익숙한 향기가 나를 덮쳐왔다.

화려한 음악 분수도 권현진 앞에선 소용없었다. 금세 시선을 빼앗긴 나는 그애의 머리카락이 살랑대는 걸 지켜보다가 문득 손을 뻗었다. 보기만큼 감촉이 부드러웠다. 커다랗고 온순한 개를 만지는 것 같았다.

"권현진."

"네에."

대꾸하는 권현진의 목소리가 장난스러웠다.

"말씀하세요, 누나."

"있잖아. 너도 부모님 보고 싶고…… 그래?"

"본 적이 있어야 보고 싶지. 만난 적도 없는데 보고 싶겠냐."

코웃음과 함께 즉각 튀어나온 답변이었다. 내가 취하긴 취했나보다. 평소 같으면 절대로 묻지 않았을 질문을 던지고 있으니 말이다.

"그래도 외롭거나 그럴 때 있잖아."

"모르겠는데. 외롭다는 것도 딱히."

왼쪽 운동화 끈을 조이던 권현진이 미간을 구겼다.

"외로운 게 뭔데."

"……"

"뭐냐고."

"혼자만 아픈 거. 슬픈데, 아무한테도 말할 사람이 없어서, 그래서 더 괴롭고 힘들어지는 거……"

털어놓지 못할 나만의 비밀이 있을 때, 말 못할 고통을 혼자 끌어안을 때 사람은 외로워진다.

"너 그거 알아?"

"뭐."

"난 우리집이 한 번도 없었다? 태어나서부터 한 번도."

오른쪽 끈을 매던 손이 멈칫했다. 하지만 언제 그랬냐는 듯 권현진의 손이 다시 유려하게 움직였다. 저애가 날 쳐다보지 않아서 다행이다. 덕분에 내 입술은 한없이 용감해졌다.

"회장님 집에 들어가기 전까지, 엄마랑 나랑 열 번도 넘게 이사 다녔어. 우리 다 죽인다고 막 쫓아왔대. 아빠라는 인간이. 우리 엄마가 자기 버리고 도망갔다고, 나랑 찬희랑 다 죽인다고 했대."

1년에도 몇 번씩 도망 다니는 게 나는 너무 지긋지긋했다. 그래서 음식 냄새가 진동하는 주방 옆의 방 한 칸도 소중했다. 남의 집에 얹혀사는 신세여도 말이다.

"연탄 피우는 집은 상상도 안 되지, 너."

"……"

"나 그런 데서 살았는데."

맘대로 주절거리는 입술을 통제할 수가 없었다. 내 몸인데도 그랬다. 손가락 사이로 스치는 권현진의 머리카락은 부드럽고, 강바람에 엉겨오는 저애의 향기는 나를 무장해제시켰다.

"네 아파트 현관보다 작은 집에서도 살아봤다? 나랑 찬희랑 엄마랑 셋이서. 이모네 집에 찬희 맡기기 전에……"

나는 엄마와 줄곧 붙어 있기라도 했지만, 찬희는 그렇지 못했다. 눈칫밥 먹은 나보다 더 불쌍한 애가 있다면, 내 동생이었다.

"나중에 졸업해서 우리 가족이 같이 살 집, 내가 만들 거야. 안전하고 튼튼하게. 그게 내 꿈이야."

잠을 자는 동안 사람은 완전히 무방비해진다. 새벽녘 부서져라 두들기는 문소리에 놀라서 깬 적이 한두 번이 아니었다. 그래서 권 회장의 대저택이 좋았다. 적어도 그 집에선 그런 일이 없으니까. 아빠가 찾아올 수 없으니까.

나는 늘 엄마와 내가 안심할 수 있는 공간을 원했다. 그런 집을 갖고 싶었다. 그러니 건축과를 선택한 건 나의 의지가 아니라 운명이었다.

고해성사를 듣고도 권현진은 묵묵부답으로 일관했다. 자기에게 주어진 숙명이 오직 내 운동화 끈 묶기라는 듯이. 오직 그것에만 열중했다.

"권현진. 너도 꿈 있어?"

"없는 사람도 있냐."

꿈이 없는 사람도 수두룩한데. 꿈을 갖는 것도 사치인 사람도 있다.

"너는 갖고 싶은 거, 하고 싶은 거 다 할 수 있을 테니까…… 나도 런던 가보고 싶다. 너처럼 멋있는 데서 살아도 보고, 공부도 하고…… 엄마랑 나랑 국내 여행도 한 번 못 가봤는데. 웃기지."

우스운 내용도 아닌데 나는 말하고 혼자 배시시 웃었다.

"권현진, 네 꿈은 뭔데?"

"아빠."

"아빠……?"

권정무 사장님? 아버지처럼 권진 전자 사장님이 되는 게 꿈인가? 겨우 그렇게 이해했는데, 권현진이 힐긋 시선을 올렸다.

"내 꿈이 아빠라고. 빨리 아빠 되는 거."

꿈이…… 아빠라고?

장래 희망에 '현부양부'라고 적은 김창진보다 더 황당했다. 내가 말이 없자 그애가 답답하다는 듯이 설명했다.

"아빠가 되면 자식이 있을 거 아냐. 아내도 있고."

"그치."

"그거라고."

외로움을 모른다던 권현진. 그래놓고 가족을 갖는 게 꿈이라니. 불시에 뒤통수를 맞았다.

아이러니가 아닐 수 없다. 저애는 가진 게 넘치게 많고, 나한테는 가족만이 전부였다. 우리가 각자 당연하게 누리는 것들을 서로 간절히 소원하며 산다는 게 우습고, 또 슬펐다.

더 설명할 생각은 없는지 권현진은 내 운동화 끈을 조이는 데만 열중했다. 때마침 그애의 등뒤에 펼쳐진 달빛 무지개 분수가 절정에 달했다.

달빛 무지개. 그 이름만큼이나 아름다웠다. 이때다 싶어서 나는 완전히 넋을 놓고 그 장관을 응시했다.

"진짜 예쁘다."

한강의 야경, 겨울밤, 불야성을 이루고 있는 저 강 너머. 눈앞의 이 모든 광경에.

아니……

달빛광장에 있는 권현진이 예뻤다. 정성스럽게도 내게 헌신하는 저애가. 눈앞의 휘황찬란한 광경이 고작 빛의 프리즘으로 흐리게 멀어질 만큼, 내게는 권현진만이 압도적이었다.

"이나희, 아파? 너무 꽉 묶었나."

권현진이 한번 일어나봐, 하면서 고개를 들었다. 그 모습이 슬로모션에 걸린 것처럼 느리게 보였다.

훔치고 싶다. 저애를.

쿵쿵쿵 소리가 전신을 울렸다. 어떤 마법에 걸린 것처럼 나는 강렬한 충동을 참지 못하고 몸을 숙였다. 맥주에 젖은 매끄러운 내 입술이, 차가운 권현진의 볼에 짧게 닿았다가 떨어졌다.

놀란 우리의 시선이 지척에서 얽혔다. 얼음처럼 굳어진 권현진을 보자 정신이 확 들었다. 투명한 갈색 눈동자, 검은 동공. 거기에 비친 내 하얀 얼굴도 꽤 놀란 표정이었다.

진짜 미쳤구나, 이나희. 지금 뭘 한 거야. 이성을 벗어나서 나도 모르게 본능이 벌인 짓이었다. 완전 넋이 나간 그애는 숨도 못 쉬고 나만 쳐다봤다.

"미, 미안……"

신음처럼 중얼거리는 순간, 억센 손길이 내 목뒤를 잡아당겼다. 더운 숨결이 고개 아래를 파고들었다.

권현진이 내게 맹수처럼 덤벼들었다. 폭발하듯 달려드는 기세에 놀라지 않을 수 없었다. 자라처럼 움츠린 나는 그애의 단단한 어깨와 가슴 언저리를 간신히, 어렵게 밀어냈다. 내 힘이었다기보다는 거절을 알아들은 그애가 스스로 밀려나준 것이었다.

"왜……"

뜨거운 숨을 삼킨 권현진이 입을 열었다. 질척한 어둠에 잠긴 눈동자가 간절하게 나를 좇았다.

"싫어?"

"이러면 안 되는데……"

"왜 안 되는데."

곧장 되묻는 권현진의 눈동자가 이브를 꼬시는 뱀처럼 번뜩였다. 착하게 내 운동화 끈을 묶어줄 땐 언제고. 사특한 악마가 저 안에 깃든 것만 같았다.

"그야 당연히 안 되지."

"당연히 왜 안 되냐고. 너 이제 성인이잖아, 이나희."

"네가 아직 미성년자야……"

저 머릿속에는 자기가 나보다 어리다는 자각이 아예 없는 걸까?

"똑바로 말해. 내가 아직 미성년자라서 안 된다는 거야, 아니면 나라서 싫다는 거야."

어떤 대답도 고를 수가 없었다. 내게 던져진 선택지 모두 오답이니까.

"나이가 무슨 상관인데. 다른 거 안 했잖아."

답답하다는 듯이 권현진이 따져 물었다. 맞다. 미성년자라서 안 된다기에는 저애가 내게 한 짓은 주인 찾은 애완견처럼 고작 내 목덜미에 뺨을 비빈 것뿐이었다.

내가 대답을 망설이는 잠깐의 시간도 권현진은 기다리지 못했다. 사나운 입술이 산발적으로 내 이마와 뺨 여기저기 와서 부딪혔다.

"잠깐, 잠깐만."

"이상한 거 안 할게. 네가 한 것만 할게, 어? 이나희."

결국 그애 입술이 내 입술에도 닿았다가 금방 떨어졌다. 권현진도 나도, 기교를 부리는 법도 모를 만큼 우리는 미성

숙했다.

정직한 첫 입맞춤에 이어 두번째는 느릿했다. 부드러운 권현진의 입술이 꾸욱 눌리는 느낌에 나는 파드득 고개를 돌렸다.

"시, 싫어…… 난 처음이란 말이야."

"누군 두번째냐? 나도 처음이야, 씨발."

거칠게 씨근덕거리다가도 권현진은 애처롭게 내게 매달렸다.

"다른 짓 안 해. 진짜 안 할게. 응? 나희야, 입술만……"

나희야, 제발, 나희야……

집 잃어버린 어린애가 엄마 부르듯 측은한 어조였다. 가엾어서 몇 번 입술을 내어주다가 더 견디지 못하고 고개를 돌려버리면, 권현진은 사납게 나를 닦달했다.

"야, 그래서 내가 빨리 집에 가자고 했잖아!"

거의 지킬과 하이드였다. 성난 권현진을 진정시키고 옆에 앉히느라 술이 홀딱 깼다. 야생동물처럼 날뛰는 저애를 포박하느라 어느새 서로 깍지를 끼고 있었다.

"나희야, 나 성인 되면. 응?"

"되면…… 뭐."

"모르는 척하지 말고, 어? 약속해. 해줘."

더운 숨결이 턱밑으로 파고들었다. 나는 간지러운 그 감촉에서 도망치려 길게 목을 뺐다.

"그만해. 나이도 어린 게 발랑 까져가지고……"

받아주다가 그렇게 타박하면 권현진은 쑥스러운 듯이 배시시 웃었다.

"너 진짜 처음 맞아?"

"맞다고."

춥지도 않다는 애가 아까부터 얼굴이 새빨갰다.

"나 성인 되면, 나희야. 우리……"

부끄러워하면서도 권현진은 악착같았다.

"1년만 기다려줘라. 어? 약속."

"……자꾸 무슨 약속을 하래."

어떻게든 나에게 실체 없는 약속을 받아내려고 안달이었다. 저애가 성인이 되는 1년 뒤 그날, 어디서 뭘 하자는 구체적인 언급 같은 건 없었다. 하지만 우리 둘 다 알고 있었다.

"약속했다, 이나희."

"약속은 내가 무슨 약속을 해."

"내년 12월 31일 자정이다. 약속."

새끼손가락 걸고, 도장 찍고. 증거 없는 약속이라도 해주지 않으면 집에 안 보낼 눈빛이었다.

"……하는 거다. 그날."

저 예쁜 눈에 말 못할 열망이 읽혔다. 불꽃이 튀고 있었다. 어쩐지 민망해서 나는 시선을 내렸다.

가만히 있는 권현진의 상체가 달리기하는 사람처럼 크게 부풀었다가 꺼지길 반복했다. 저렇게 예쁜 얼굴을 하고, 속은 아주 시커멓구나.

"말이나 좀 들어……"

"내가 언제 네 말 안 들은 적 있냐? 시키는 대로 개처럼 다 하잖아."

그것도 사실 틀린 소리는 아니었다. 할말이 없어서 애꿎은 입술만 깨무는데, 그애가 깍지 낀 손을 들어올렸다.

"딱 1년만 기다려, 이나희."

이글거리는 눈으로 권현진이 도장을 찍듯 내 손등에 입술을 꾹 눌렀다.

우리는 택시 뒷자리에 나란히 앉아 있다가 미술관 앞에서 내렸다. 집까지 손을 잡고 걸었다. 아주 천천히, 느린 걸음으로. 집에 가는 내내 권현진은 깍지 낀 손을 풀지 않았다.

"솔직히 말해봐, 이나희."

"뭘."

"내가 네 이상형이지. 먼저 뽀뽀하고 막."

"웃기는 소리 하지 마. 넌 진짜 내 이상형하고는 거리가 멀어. 한 1광년쯤 떨어져 있어……"

"뭔데, 네 이상형이. 최경환?"

"최 대리? 미쳤구나. 나랑 나이 차이가 몇인데!"

최 대리도 순박한 느낌이 있긴 했다. 하지만 시골 경찰보다는 영악한 이장 아들에 더 가까웠다.

"그럼 김창진?"

"창진이 자꾸 들먹거리면 때린다, 너."

"어, 때려."

권현진이 내 손을 제 뺨에 가져갔다. 아니, 그러는 척하다가 제 입술에 짓뭉갰다.

"너한테 맞아보고 싶더라, 이나희."

그러곤 날 빤히 쳐다보면서 내 손등을 콱 물었다. 얼른 손을 뺀 나는 권현진을 퍽 때렸다. 맞아놓고도 좋은지 실실 웃었다. 갑자기 바보가 된 것 같았다.

"눈사람 같다, 너."

머플러만으로 모자라 권현진은 내게 자신의 코트까지 입혀놓았다. 옷이 너무 커서 소매가 손을 덮고, 코트 자락은 바닥에 끌릴 지경이었다.

그랬다. 오늘의 나는 저애가 만들어놓은 눈사람이었다. 틈없이 맞닿은 손에서는 권현진 특유의 뜨거운 체온이 전해졌다.

언젠가 나는 저 온기에 녹아버릴지도 몰라. 그걸 알면서도 권현진의 뜨거운 손을 놓을 수가 없었다.

권현진은 말과 달리 아파트로 돌아갔다. 아예 본가의 대문을 넘지도 않았다. 그저 CCTV 사각지대에서 나를 안고, 쉼없이 웃다가 내 이마에 길게, 아주 긴 뽀뽀를 남기고 나를 안으로 들여보냈다.

나는 언덕길을 내려가는 권현진을 오래도록 바라보다가 방으로 들어갔다. 씻고, 옷을 갈아입고, 불 꺼진 방안에서 이불을 목 끝까지 올린 채로 누웠다.

쉽게 잠이 올 것 같지 않았다. 가슴이 미친 듯이 뛰어댔다. 권현진은 달궈진 내 심장을 두들기는 대장장이였다. 입맞춤을 되새길 때마다 나는 그애가 불을 지핀 용광로 안에서 녹고, 그 손에서 몇 번이고 재창조되었다.

그러길 얼마 지나지 않아 정원에서 왁자지껄한 말소리가 들려왔다.

"바라, 장 여사 니는 살 좀 빼라! 우리 법사님이 그카는데 니는 말년운이 드릅단다. 심보 좀 곱게 써라."

권 회장이 모임에서 돌아온 모양이었다. 흠뻑 취한 목소리가 조용한 저택을 쩌렁쩌렁 울렸다.

"이 실장, 니 딸내미 잘 키웠다. 졸업하면 우리 회사 들어오라 캐라!"

민망한 듯한 엄마의 웃음소리와 사모님, 장 여사님의 목소리가 뒤이어 들려왔다.

"우리 회장님 오늘 기분 좋으신가보다. 나희 권진 건설에 받아주실 거예요?"

"하먼! 공부 열심히 해서 빨리 졸업시키라, 내 중매도 서준다!"

한바탕 깔깔거리며 웃음보가 터졌다. 끔뻑끔뻑. 나는 시체처럼 눈만 깜빡였다. 새까만 천장에 오늘 있었던 모든 일을 다시 그려봤다.

커플 자전거. 가늘어지던 권현진의 눈매. 어이없다는 듯이 터지던 웃음. 식도를 타고 넘어가던 알코올 섞인 탄산. 내 앞에 무릎 꿇고 운동화 끈을 묶어주던 그애의 넓은 어깨. 보름달 아래서 펼쳐진 무지갯빛의 음악 분수.

그림자 진 권현진의 눈동자와 내 손에 얽히던 마디 굵은 손, 턱밑에서 뒤척이던 젖은 입술, 드문드문 뱉어지던 뜨거운 숨결…… 모든 게 다 아득한 환상 같았다. 내게 벌어진 일이 아닌 것처럼 멀게 느껴졌다.

잠들면 없었던 일처럼 전부 사라져버릴까봐 무서워, 나는 오래도록 잠들지 못했다.

제5장

오렌지 환타맛 입술

해가 바뀌면서 권현진은 본격적으로 입시 준비에 뛰어들었다. 팔자에 없던 수험생활이 시작되어 눈코 뜰 새 없이 바빠졌다.

그러면서도 권현진은 회장의 고희연에 참석했다. 이번 고희연은 회장님이 이 실장 힘들다며 장충동 호텔에서 치렀다. 권현진은 할아버지 오래 사시라고 고희연에서 절도 하고, 꽤 살뜰했다고 했다.

"권 사장님 지분 상속받고, 회장님 지분도 곧 양도하려나 봐요. 그럼 부사장님은 전자 날아가는 거 아니야?"

"그러게요. 최대주주 되려면 아슬아슬하다면서요."

"그거 때문에 사모님 요즘 얼마나 살벌한지 몰라. 회장님이 큰 도련님 얘기 꺼낼 때마다 내가 옆에서 어찌나 눈치가 보이는지. 심장이 다 두근거려."

"어련하시겠어? 장손인데. 옛날에 권 사장님 살아 계실 때랑 얼굴이 어쩜 그렇게 닮았대요."

"그죠. 인물이 진짜 너무 좋아, 우리 큰 도련님."

처음 보는 장손다운 모습에 권 회장의 입이 찢어지는 줄 알았다며, 그와 관련해서 들려오는 얘기가 요란했다.

"살아 있을 땐 딴따라라고 사람 취급도 안 하시더니. 인물 난 거 봐, 돌아가신 사모님 그냥 빼다 박았더만."

권씨 일가를 좋아하는 사람들은 권현진이 친탁이라고 하고, 안 좋아하는 사람들은 외탁이라고들 했다.

"의젓하잖아. 손주들이라고 다 거시기한데 회장님이 얼마나 좋으시겠어."

"맞아요, 황 관장님 생신도 챙겼다던데 뭘."

황 관장은 아트센터 리황의 대표이자 권현진의 친할머니였다. 권 회장과는 별거 상태여서 나는 한 번도 마주친 적이 없었다. 옛날에 권 회장이 거하게 첩질을 했다가 둘 사이가 돌이킬 수 없이 틀어졌다고 했다. 지금 두 사람은 대외 행사가 있을 때만 얼굴을 보는, 말하자면 쇼윈도 부부였다.

"황 관장님도 전자에 주식이 있나?"

"있죠. 그러니까 이혼 안 하는 거 아니야."

"피차 못하는 거지. LK가 어디 만만한 집안인가? 장인 돌아가시기 전까지 회장님도 꼼짝 못하셨는데."

"두 분 아직도 카메라 앞에서는 손 꼭 붙잡고 다니시잖아요. 뉴스 볼 때마다 나 웃겨 죽겠다니까, 아주."

뭔가 권현진에게 심경의 변화가 생긴 것 같았다. 이 또한 윤 부장의 영향이 분명했다.

다행이라는 생각이 들면서도 그애가 내게서 더 멀어지는 것 같아 불안했다. 지금이야 둘 다 학생이지만 우리가 성인이 되고, 대학을 졸업하고, 또 그뒤의 모습은 확연히 다를 것이었다. 우리가 서로에게 반말하면서 장난치는 날도 어쩌면 얼마 남지 않았다.

"나희야, 큰 도련님 잘 챙겨주고 있지? 택시 타고 다녀. 팔 아파."

"저, 가긴 가는데 일주일에 두 번은 좀."

"시간 날 때 가면 되지. 나희도 바쁜 거 사모님이 다 아셔. 젊은 애가 얼마나 할 게 많아."

장 여사는 또 내게 사모님의 용돈을 전해줬다. 말이 용돈이지 금액은 월급에 가까웠다. 이런 걸 받아도 되나. 고작 한 달에 몇 번 반찬 심부름한다고 월급을 주는 게 이상했다.

왜, 재벌이라 돈이 넘쳐흘러서? 성실한 이 실장의 딸이니까? 요동치는 생각 때문에 나는 권현진의 집에 가지 못했다. 그게 벌써 일주일이나 지난 줄은 몰랐다.

—언제 오는데

—오늘 온다며

권현진의 닦달에는 자취방을 구하느라, 오티를 가야 해서, 엄마를 도와주느라 시간이 없다는 여러 핑계를 댔다.

"어우, 냄새 무슨 일이야!"

인상을 팍 찡그린 사모님이 갑자기 주방에 나타났다. 수군거리던 여사님들은 상어 앞의 피라미 떼처럼 일사불란하게 흩어졌다.

"내가 육수 끓이고 이런 거 여기서 하지 말랬잖아! 코가 다 매워!"

오늘의 저녁 메뉴는 육개장이었다. 맵고, 짜고, 육고기를 좋아하는 권 회장의 입맛에 딱 맞는 빨간 국물 음식.

어느새 사모님 옆에 찰싹 달라붙은 장 여사가 가방을 넘겨받으며 비위를 맞췄다.

"어떻게 벌써 오셨어요? CC 가신다더니 안 치셨어요?"

"그린이 개떡 같아서 공 칠 맛이 나야지."

"그죠. 눈 때문에 아무리 치운다고 해도 겨울에는……"

"됐으니까, 골프고 나발이고 저것부터 좀 빨리 치우라 그래! 사방에 냄새 배잖아!"

사모님 신경질이 드글드글 끓었다. 조리대를 손가락질하더니 휙 주방을 나가버렸다.

"죄송해요, 사모님. 얼른 치울게요."

그 타박에 엄마와 나는 무쇠솥을 들고 B동 주방으로 갔다.

"뜨거우니까 조심해, 강아지."

"응."

엄마가 한우 양지를 결대로 찢는 동안 나는 고사리와 토란대가 들어간 국물을 지켜보았다. 보글보글 끓어오르는 빨간 거품을 조심조심 걷어내던 그때였다.

"어머. 이게 누구야!"

드르륵, 의자를 밀고 일어나는 소리가 요란했다. 엄마의 목소리가 평소보다 높이 올라갔다.

“밥도 안 먹고 가고, 매번 왔다가 얼굴도 못 보고! 바람처럼 사라져서 나 진짜 서운할 뻔했어요, 큰 도련님.”

“잘 지내셨어요.”

권현진이었다. 그애가 B동 주방에 와 있었다. 웬일로 서글서글하게 웃으면서.

“세상에, 너무 잘생겼다. 우리 큰 도련님, 어릴 땐 진짜 이뻤는데. 오는 사람마다 무슨 남자애가 이렇게 이쁘게 생겼냐고 놀라고, 그죠?”

엄마는 장성한 권현진이 친아들이라도 되는 것처럼 뿌듯해했다. 만약 찬희가 저 꼴을 봤으면 한 달은 삐졌을 거다.

“어쩜 이렇게 훤칠하게 잘 컸을까. 승주도 큰데, 큰 도련님도 승주만큼 큰 것 같네. 밖에서 보면 진짜 못 알아보겠어.”

“실장님도 그대로이신데요.”

“어머머, 그대로기는 내가 무슨 그대로야!”

민망한 듯 손을 내저으면서도 엄마는 깔깔 웃었다.

“나이들어서 능글맞아졌네. 옛날이랑 달라. 어떻게, 회장님 보러 왔어요?”

"아뇨. 반찬 가지러 왔어요."

불 앞에서 이방인처럼 멀뚱히 서 있는 나를 보며 권현진이 말했다.

"입에 맞더라고요. 잘."

"진짜? 나는 그런 말 들으면 제일 신나지. 기다려봐요. 저쪽 냉장고에 고기 재워둔 거 있어. 그거랑 김치 먹죠? 김장무로 담근 깍두기 좀 챙겨올게."

엄마가 기쁘게 주방을 나갔다. B동 주방에는 나와 권현진만 남았다. 숨 막히는 정적에 나는 그애를 차마 돌아보지도 못했다.

"귀하신 몸 드디어 보네."

빈정거리는 말투에 소름이 돋았다. 내 앞에서 권현진은 숨겼던 본색을 드러냈다.

"얼굴 한번 뵙기 힘드세요."

누군가 있을 때와 나와 단둘일 때, 권현진은 이중인격이 의심될 정도로 표정부터 목소리 톤까지 완전히 달랐다.

"재밌냐, 이나희?"

언제 웃었냐는 듯, 온기 하나 없이 서늘한 시선이 나를 직시했다.

"재밌냐고. 나 갖고 노는 거."

"……여기선 말 걸지 말랬잖아."

"나와, 그럼."

역시 반찬 따위는 안중에도 없었다. 멋대로 B동을 나가며 권현진이 통보했다.

"밖에서 기다린다."

저애가 어딜 말하는지는 뻔했다. 아무것도 모르는 엄마는 신나서 반찬을 이고 지고 왔다. 말도 없이 사라진 그애를 대신해서 대충 둘러대고서야 나는 대문을 나섰다.

대문 밖, CCTV 사각지대.

등지고 서 있는 권현진에게 다가갈수록 매캐한 냄새가 희미하게 밀려왔다. 설마 저애가 여기서 담배를 피운 건가? 집안 어른들 계시는 이 집에서?

놀라서 멈칫하는 순간, 돌아본 권현진과 눈이 마주쳤다. 대뜸 팔이 잡혀서 옆으로 끌려갔다. 나도 모르게 죄인처럼 고개가 아래로 떨어졌다. 저 집요한 시선을 마주하고 있기가 두렵고, 또 미안했다. 그런 나를 지그시 내려다보던 권현진이 긴 한숨을 내쉬었다. 비겁한 나 대신 저애가 영겁 같은 침묵을 깼다.

"너 나 피하냐?"

여기가 아무도 우리를 볼 수 없는 사각지대라는 사실이 그나마 나를 안심시켰다.

"이나희. 지금 뭐하는 건데. 너 나한테 먼저 키스했잖아. 그래놓고 지금."

"그거 키스 아니었어!"

볼에 한 뽀뽀였다. 아니, 입술이 뺨에 스치기만 한 거다. 사고로 벌어진 거라고 변명할 수도 있을 만큼 형편없는 접촉이었다. 억울해서 불쑥 항변하자 권현진이 삐딱하게 웃었다.

"이제야 쳐다보네."

또 그 표정이다. 약올라서 분해 죽겠다는 표정. 나를 통째로 발라먹고 싶은 눈빛.

"손잡고, 포옹하고, 뽀뽀하고, 키스하고, 할 거 다 했는데!"

"왜 자꾸 키스라고 해! 혀도 안 닿았어……!"

"아, 혀를 안 넣었으니까 그게 아무것도 아니다?"

물론 나한테도 의미가 있었다. 포옹, 뽀뽀, 손잡기 같은 스킨십은 나도 권현진이 처음이었다. 아무것도 아닌 걸로 치부할 수는 없었다.

하지만 그 의미를 인정해버리면, 그랬다간 더는 걷잡을 수가 없다. 여기서 멈춰야만 했다. 정확히 어떤 결정을 내린 건 아니었다. 그러나 더는, 이대로 저 혈기에 휩쓸려갈 수 없다는 것만은 알고 있었다.

"그날……"

내가 입을 떼자, 무슨 소리를 하는지 한번 들어보겠다는 듯이 그애가 내게 집중했다. 나는 눈을 감았다.

"내가 너무 취해서, 실수로."

"실수."

권현진이 강한 비소를 터뜨렸다. 나 스스로도 한심했다. 이것도 변명이라고……

"이나희. 사람 웃기는 재주 있다?"

권현진이 한 발자국 가까이 다가왔다.

"나는 너 취했다고 기껏 참아줬는데. 너는 그걸 변명으로 써먹어?"

"참기는 네가 뭘 참았는데……"

"그럼 맨정신에 하든가."

서로의 몸이 부딪칠 정도로 가까운 거리였다.

"지금 해, 키스. 혀 넣는 거."

밀어내는 손을 붙잡으며 권현진이 나를 확 잡아당겼다. 고개 숙인 저애의 숨결이 이마에 닿았다. 나는 반사적으로 눈을 꾹 감고, 고개를 아래로 돌렸다.

참아내듯 씨근대는 그애의 숨소리만 머리 위에서 한참 들려왔다. 강제적인 그 어떤 일도 일어나지 않았다.

"야."

한결 허물어진 목소리였다.

"난 다 했다고…… 네가 하라는 거 전부……"

슬쩍 고개를 들자 권현진이 일그러진 눈으로 나를 주시하고 있었다. 언제 화를 냈냐는 듯 이제는 숫제 매달리는 어투였다.

"나는 너만 생각하면서…… 할배한테도, 입시도 다 잘해 보려고 하는데, 너는."

"날 위해서 하라고 시킨 거 아니잖아. 네 미래에 도움되는 거지……"

"이나희."

이번엔 확실히 상처받은 눈이었다. 내 손을 붙잡고 있던 억센 악력이 서서히 풀리기 시작했다.

"내 마음 다 알면서 왜 그런 말을 해?"

흔들리는 권현진의 눈에 점점 물기가 차올랐다. 워낙 눈동자가 투명하고 예쁜 애라서 그런지 그 변화가 확연히 보였다. 고여가는 물기에 심장이 쿵 내려앉았다.

"바빴어. 진짜 틈이 안 나서, 그래서 그랬어. 너 갖고 논 거 아니야."

역으로 공격당한 나는 다급히 권현진의 팔을 붙잡았다.

"내일 아파트로 갈게, 응?"

그애가 나를 피하듯 시선을 올렸다. 멀리 허공을 응시하는 권현진의 귓가 아래 턱선이 한층 선명해지며 흔들렸다. 저 예쁜 눈에 드리운 투명 장막이 당장 물방울이 되어 뚝 떨어질 것만 같았다. 나는 목이 타들어가는 것처럼 조급해졌다.

"미안해. 내가 다 잘못했어. 내일 너 만나서, 바빴다고 얘기하려고 했어. 진짜야."

서러움을 삼키듯 권현진의 목울대가 아래로 떨어졌다가 천천히 올라왔다.

"미안해. 진짜 꼭 갈게. 내일 보자, 응?"

"씨…… 내 전화 다 씹고……"

"안 그럴게. 사람들 많아서 전화 못 받은 거야."

"문자도 전부 씹었으면서……"

"현진아."

그렇게 부르자 권현진이 드디어 나와 눈을 맞췄다. 왈칵 쏟아지듯 내게 몸을 기대며 안겨왔다. 이마인지 눈가인지 모를 부분을 내 어깨에 비비적거렸다. 버거운 힘에 밀려 나는 주춤했다. 등이 차가운 벽돌 담에 닿았다. 나는 권현진이 제 눈에 고인 설움을 내 어깨에 다 닦아낼 때까지 조용히 있었다.

나 때문에 속상하다고 투정부리면서 내게는 약한 모습을 절대 보이지 않으려는 권현진. 연하의 자존심인지 아니면 저 애의 오기인지 몰라도, 내가 졌다. 애초에 이길 수가 없는 싸움이었다. 네가 슬퍼하는 걸 나는 못 보겠으니까.

"이나희."

"응."

"안아줘……"

말로는 안아달라더니, 이미 내 팔을 가져다가 직접 제 허리에 둘렀다. 그러자 나보다 한참은 큰 어깨의 들썩임이 천천히 잦아들었다.

"김창진이랑 손 안 잡았지."

"창진이 얘기 좀 그만 꺼내."

걔는 대체 무슨 죄인가 싶었다. 하필 그 타이밍에 전화를 걸어서 저애한테 이름이 알려진 창진이가 불쌍했다.

"내가 걔랑 손을 왜 잡아."

"그럼 다른 새끼는."

"다 너랑만 한 거야."

"뽀뽀하고, 포옹한 거."

"응."

"키스도."

"우리 그거 안 했다니까……"

"다 나랑만 할 거지."

권현진이 마침내 고개를 들었다. 처음 보는 눈이었다. 서럽고, 서운하고, 화나고, 또 슬픈 눈. 여전히 물기어린 붉은 눈으로 내가 못내 미운 듯이 노려보는데……

"대답해, 이나희."

불현듯 그런 예감이 들었다. 나는 앞으로도 저애를 괴롭힐 수 없겠구나. 저 예쁜 눈에 평생 휘둘리고 말겠구나.

"그럴 거지."

"응."

어떤 저주 같기도 했다. 제게서 벗어날 수 없으리라는, 권현진이 내게 건 저주.

"손잡고, 뽀뽀하고, 나랑 했던 거…… 다른 놈이랑 그러면 진짜."

그애가 잠시 숨을 멈췄다. 미간을 구긴 상태로 굳어 있었다. 그러곤 물밑에서 방금 올라온 사람처럼, 한 박자 늦게 긴 호흡이 터졌다.

"그 개새끼. 진짜 가만 안 둬, 누구든."

"안 그래."

내가 다른 남자애랑 노는 걸 상상했나보다. 참 쓸데없다.

"너도 바빴잖아. 이제 학원 다니는 거 아니야? 공부가 만만한 것도 아닌데……"

"누가 너한테 내 사정 걱정하랬냐?"

"나도 자취방 보러 다니느라 정신이 없어서 그래."

"집을 왜 구하는데."

"왜냐니, 나 이제 자취할 거라니까."

"내 아파트로 들어오면 되잖아."

이건 또 뭔 소리지. 얘가 지금 무슨 말을 하는 거야. 어이가 없어서 할말을 잊었다.

"B여대 멀지 않고. 방도 두 개나 비었어."

뻔뻔한 권현진은 저딴 소리를 하면서도 안색 하나 변하지 않았다.

"나랑 같이 살면 되잖아, 이나희."

"도……"

"돈 얘기 하지 마라. 안 받을 거니까."

"돌았어?"

나한테 방을 따로 내어준대도 그건 엄밀히 말해서 동거였다. 영국은 동거가 흔한가? 아니, 그래도 그렇지. 나는 스무 살이고 권현진은 고작 열아홉 살이다. 그런데 어떻게 저런 미친 소리를……

"나 안 미쳤고, 진심으로 말하는 거야. 집 구하지 마. 내 아파트로 들어와."

저애는 가만 보면 지가 아직 어리다는 자각이 아예 없는 것 같았다.

"수능이나 끝나고 얘기하자……"

권현진은 어른스럽게 보이다가도 역설적으로 되레 그런

부분이 가끔 어리게 느껴졌다.

줄기차게 자취방 핑계를 댔지만, 사실 나는 이미 집을 구했다. 대학교 자유게시판에는 졸업생이 살던 월세방이 많이 올라와 있었다. B여대 바로 옆 학교에 붙은 지율이와 같이 구했다. 후문 근처의 투룸 빌라인데, 구축이지만 넓고 깨끗해서 우리 마음에 쏙 들었다.

엄마한테는 새 학기 시작하기 한 달 전에 이야기했다.

“조금씩 짐 옮기면서 다음주에 한남동 나가려고.”

“나희야, 지금 그 오피스텔 말하는 거야?”

어둠 속에서 엄마가 스르르 일어났다. 말이 없어서 잠든 줄 알았는데, 다 듣고 있었나보다. 표정이 잘 보이지 않았지만 목소리가 별로 좋지 않았다.

“무슨 오피스텔?”

“사모님이 구해주신 거. 장 여사가 이미 너한테 말했다던데.”

사모님이 진짜 나를 위해서 자취할 집을 마련해주셨구나.

놀라서 순간적으로 말문이 막혔다. 내가 대답이 없자, 침묵을 긍정으로 이해한 엄마가 다시 잠자리에 누우며 말했다.

"사모님 뵈면 꼭 감사하다고 인사드려, 나희야. 강남 오피스텔 월세가 한두 푼도 아니고……"

"강남? 웬 강남?"

"서초동인가, 여자애 혼자 살기에는 거기가 안전하대."

학교와는 거리가 있었다. 한남동에서도 멀고, 오직 권현진의 집에서만 가까웠다. 왜 굳이 그런 곳에 내 자취방을 얻어주셨을까. 의아한 건 둘째치고, 불쾌했다.

"그래도 어릴 때부터 봤다고 정이 들기는 하셨나보다. 사모님이 너까지 신경써주실 줄 엄마는 상상도 못했어."

"엄마, 나 학교 앞에 자취방 구했어. 월세도 저렴하고 안전장치도 있어서 괜찮아. 방도 넓어서 지율이랑 같이 살기로 했어."

"그래? 그럼 그냥 거기서 다녀. 빚지는 거 같고, 엄마도 사모님한테 괜히 마음 불편해."

재벌가에서 오래 일한 엄마는 본심을 감추는 게 습관이었다. 종종 내 앞에서도 그랬다. 장 여사가 이미 내 동의를 구했다고 통보하자 내색하지 않았던 것이었다. 실은 사모님이 내 자취방에 관여하는 게 싫었으면서.

"그 오피스텔, 들어가지 마. 엄마가 장 여사한테 알아서 말할 테니까."

오랫동안 별렀던 것처럼 엄마가 당부했다.

"이 집 나가면 앞으로는 한남동 들르지도 마. 학교생활만 신경써. 엄마도 괜히 너 안 부를 거야."

❀

권현진이 내게서 반찬 보따리를 뺏어 들고 집안으로 들어섰다. 주말이라 내내 집에 있었는지 위아래로 회색 트레이닝복 차림이었다. 나는 식탁 위에서 남색 보자기를 풀며 말했다.

"너 그럼 평일에는 계속 학원에 있는 거지?"

"어. 출발할 때 전화해. 바로 나가면 되니까."

"아냐. 서로 방해 안 하는 게 좋을 것 같아. 너 참게 매운탕 안 먹을 거지? 다른 민물 생선은 안 들어가긴 했는데, 이게 좀 맵고 비려서……"

넌 못 먹을 것 같다고 말하려는데, 순간 뒤에서 불쑥 손이 들어왔다.

권현진의 단단한 두 팔이 내 허리를 감쌌다. 놀란 나는 숨을 들이마신 채 그대로 얼어붙었다. 그러거나 말거나 권현진은 매우 자연스럽게 내 배꼽 주위를 훑었다. 얘 손이 커서 그런지 조금만 움직이는데도 복부 전체가 감싸지는 것 같았다.

"몸이 완전 말랑말랑하다……"

별로 좋은 말은 아니었다. 나를 지분거리는 손을 풀어내려고 했지만, 권현진은 쉽게 물러서지 않았다. 아예 내 어깨에 턱을 걸치고는 끈덕지게 졸라댔다.

"이나희."

"놔라."

"오늘 자고 가면 안 돼? 할배랑 다 늦게 들어온다고 안 그래? 주총 끝나고 밤새 술 처먹는다던데…… 응?"

장 여사가 부사장님 주주총회 어쩌고 말하던데, 오늘이 그날인가. 나와 관련도 없는 권진 전자의 일이라 자세히 듣지도 않았다. 당장은 거머리처럼 붙어 있는 권현진이 문제였다.

"나희야, 자고 가."

귀에 속삭이는 목소리가 세상 다정했다. 그 꿍꿍이속이 훤히 보였다.

"누나. 자고 가라고."

언짢게 권현진을 돌아보자 그애가 살살 눈웃음을 치며 얼굴을 붙여왔다. 너무 가까웠다. 나는 흠칫 뒤로 목을 뺐다.

"왜…… 싫어?"

"싫다기보다는."

"부담스러워?"

아무래도 그랬다. 한 살이라도 더 먹은 내가 어른으로서 한번쯤 확실히 말해둬야 했다.

"권현진."

"네."

최대한 어른스럽게 성인의 권위를 담아서 불렀는데, 권현진은 까딱도 하지 않았다.

"너 아직 미성년자고, 나는……"

"네, 누나."

권현진의 두번째 손가락이 브래지어 밑의 라인을 천천히 왕복했다. 내 말은 그냥 개무시하고 있구나. 푹 한숨을 내쉬자 어깻죽지에서 키득거리는 숨소리가 들려왔다.

"말씀하세요, 누나."

"너 안 듣고 있잖아."

"듣고 있어요."

내가 째려보자 권현진은 그제야 배시시 웃으며 떨어졌다. 식탁에 기댄 권현진이 비스듬히 나를 올려다보았다.

"들을게. 진짜."

순순히 대답하는데도 빈정거리는 것처럼 얄밉게 들렸다. 그런 쪽으로는 완전히 선수였다.

"우리 그때 약속했잖아."

"뭘."

"……했잖아, 약속. 왜 모르는 척해."

"뭘 약속했는데."

저절로 눈썹이 구겨졌다. 사납게 억지를 부려서 손가락까지 걸고 도장도 찍었는데, 이제 와서 기억이 안 나는 척하는 권현진의 영악함에 기가 막혔다.

"너 성인 되면 그때, 우리 그때 하자고 했잖아."

"나 성인 되면 그때 우리 뭐하는데."

앵무새처럼 내 말을 따라 하는 권현진을 한 대 때려주고 싶었다. 평소답지 않게 생글생글 웃는 낯이 예쁘면서도 짜증났다.

"됐어. 기억 안 나면 말든가."

냉담히 뿌리치려는데 권현진이 급하게 나를 끌어안았다. 곰 인형처럼.

"이나희."

긴 한숨을 내뱉은 그애가 내 뒷머리에 코를 비볐다. 간지럽지만 참았다. 속에 스트레스가 가득한 몸짓이었다.

"나 진짜 1년만 참는다. 학원이고 뭐고 다 때려치우고 싶은데."

수능 공부를 처음 하는 애였다. 능률을 높이기 위해서 학원에도 다닌다는데, 저 성격에 종일반을 선택한 게 용했다.

"그날만 기다리면서 버틸 거야. 두고 봐. S대도 꼭 붙을 거니까."

원체 집요한 성격이라 그런가. 뚜렷한 목표가 생기자 권현진은 질주하는 경주마 같았다.

"그때까지 너한테 아무 짓도 안 해. 손도 안 댈 거야. 그러니까."

"너 지금 나한테 완전히 찰싹 붙어 있는데……"

"이런 건 봐줄 수 있잖아. 포옹하고, 키스하고, 그 정도는 요즘 초등학생도 다 해!"

침묵으로 부정하자 권현진은 삐딱해졌다. 내 몸을 휙 돌린 그애가 한껏 인상을 구겼다.

"이나희. 너 내가 준 목걸이 왜 안 하고 다니는데."

신경쓰고 있었나. 선물해놓고는 딱히 언급이 없어서 잊은 줄 알았다.

"진짜 버렸냐?"

"안 버렸어! 그렇게 비싼 걸 어떻게 버려."

"아, 비싼 것만 갖다 바치라고?"

"미쳤나봐. 그런 뜻 아니야!"

"그럼 뭔데. 왜 안 하고 다니는데."

"너무 눈에 띄어서 그래. 못하겠어."

급하게 변명하자 권현진은 언제 성질을 부렸냐는 듯 그새 마음이 풀렸다.

"그치. 눈에 띌 거야."

권현진이 씩 웃더니 머리카락에 가려진 내 목덜미를 보물 찾기하듯 뒤적거렸다.

"애기처럼 피부도 하얗고, 부드럽고, 하여튼 이나희는 안 예쁜 데가 없으니까."

"너 이제 그냥 막 나가기로 했구나."

어울리지 않게 느끼한 말을 쉽게도 내뱉는다. 나는 엄지로 빗장뼈를 덧그리는 권현진의 손을 붙잡았다.

"그러게 그런 거 왜 샀어. 하고 다니지도 못하는데."

"어떻게 안 사냐? 보자마자 너만 생각나는데."

"권현진."

"어떻게 참냐고. 너한테 잘 어울릴 것 같은데."

"앞으로는 사지 마. 알겠지."

단단히 주의를 줬다. 비싼 선물이나 받자고 이 아파트를 들락거리는 게 아니다. 저애도 그런 뜻으로 준 건 아니지만 내가 괜히 찔렸다. 나는 아직도 장 여사에게 심부름값을 받고 있었다.

"그래서 목걸이 안 할 거야?"

"회장님댁 나가면 하고 다닐게."

"진짜지. 약속했다."

"대신 너 수능 잘 마치고 대학 붙을 때까지 수험생활에 집중해. 만나는 것도 자제하자."

권현진은 내가 주중 저녁에도 찾아오고, 주말 내내 제 아파트에 있길 원했다. 하지만 그건 서로에게 옳지 못했다.

"우리 보름이나 한 달에 한 번 정도만 보자."

"뭐?"

권현진의 잘생긴 얼굴이 실시간으로 굳어졌다.

"왜. 우리가 왜 그래야 하는데?"

"내색은 잘 안 하시는데, 엄마가 힘들어하셔. 나 얼른 취업해서 집 사고, 엄마도 일 그만두라고 하고 싶어. 우리 과 5년제라고 말했지? 빨리 졸업하려면 나 열심히 해야 돼. 장학금도 받아야 하고."

"아, 씨……"

"너도 열심히 해. 나도 그럴 거니까."

우리의 암담한 미래를 직감한 권현진이 욕설을 읊조리며 입가를 쓸었다. 깊게 나를 끌어안고는 착잡한 듯 한숨을 내쉬었다. 옷에 밴 그 꽃향기와 상쾌한 민트 향이 뒤섞인 숨결이 산발적으로 내게 와닿았다.

"이나희. 보름에 한 번 볼 생각하니까 벌써 답답해 미치겠다."

불만스럽다는 듯 눈썹을 잔뜩 찌푸리고 있으면서도 곤란한 내 입장을 이해하고, 내 말을 잘 듣겠다는 듯이 더는 아무 말 없는 저애가 착하고 귀엽게만 보였다. 정말이지 나도 콩깍지가 단단히 씌었다.

새 학기가 시작되고 나는 바빠졌다. 처음 시작한 자취생활에 온 신경을 곤두세워야 했다. 대학교는 고등학교와 완전히 달랐다. 여긴 나를 챙길 사람이 나밖에 없었다. 강의에 늦어도, 과제를 까먹어도 아무도 잔소리하지 않는다. 망망대해에 홀로 놓인 것처럼 가뿐한 해방감과 아득한 두려움이 동시에 밀려왔다. 비로소 느끼는 자유였다. 내가 미성년의 울타리를 넘어섰다는 게 실감났다.

작년보다 한 살 더 먹었다고 권현진은 내 말을 더 잘 들었다. 그놈의 '약속' 때문인지 고분고분해졌다. 주중에는 서로 거의 연락을 하지 않았다.

다만 우리가 만나는 날에는 껌딱지처럼 내게 붙어 있으려고 난리였다.

"이나희, 치마 입었네?"

"학교 앞에서 샀어. 이상해?"

꽃무늬 자수가 은은하게 들어가 있는 시폰 재질의 봄 원피스였다. 흔하디흔한 디자인에다가 2만 원도 안 하는 보세 옷이었다.

"아니, 예뻐서."

아파트에 들어오자마자 권현진은 날 끌어안았다. 뒤에서 내 어깨를 안고, 정수리 위에 턱을 괴고는 한 몸처럼 들러붙어서 걸어다녔다.

"양치할 거야. 불편해. 좀 떨어져 있어."

"양치질 왜 하는데."

"동기들이랑 밥 먹고 왔다니까."

"우리집 오자마자 왜 양치질부터 하냐고."

커피까지 마시고 와서 텁텁했다. 휴대용 칫솔을 깜빡하고 다른 가방에 넣어두고 왔다. 나는 욕실에 있던 칫솔 두 개 중 자연스럽게 민트색 칫솔을 들었다. 이제 권현진의 집에는 내 물건들이 심심찮게 있었다.

"이나희, 음흉하다?"

음흉한 건 너겠지. 내가 아니라. 거울에 비친 한심한 사춘기 소년을 빤히 쳐다보다가 나는 그냥 무시하기로 했다. 칫솔에 치약을 쭉 짜고 입에 넣었는데, 권현진이 갑자기 내 머리카락을 한쪽으로 치웠다. 그렇게 드러난 목덜미를 앙, 하고 깨물었다. 날파리 치우듯 손을 휘저었지만 권현진은 끈질겼다.

"하지 마, 진짜."

"째려보시네요, 누나."

"하지 말라고 했다."

"째려보는 것도 왜 귀엽냐? 이나희."

실실대며 장난치는 게 멈출 기세가 아니었다. 쪽, 쪽, 자꾸만 볼에 뽀뽀하면서 양치질을 못하게 훼방을 놓았다.

"자꾸 이러면 나 안 올 거야."

"와, 무섭다."

"권현진."

"안 할게. 이제 장난 안 칠게."

권현진은 항복하듯 두 손을 허공에 들고 욕실을 나갔다. 계속 저런 식이었다. 여태까지는 스킨십하고 싶은 걸 대체 어떻게 참았는지, 치근덕거리는 게 장난이 아니었다.

소파에 앉아서 같이 영화를 보는데도 손을 가만두지 못했다. 나를 뒤에서 안았다가, 옆에서 안았다가 애착 인형 다루듯 혼자 난리법석이었다.

"너…… 좀 자제해."

참아주다가, 나를 무릎에 앉히려는 권현진에게 결국 한마디 했다.

"계속 이러면 너희 집에 못 와."

"협박하냐? 건들지도 못하게 하네."

단둘이 집안에 있으면서도 '그 약속' 때문에 날 어쩌지 못하자 권현진은 힘들어했다. 입시 준비는 순항인데, 나 때문에 표정이 어두웠다.

게다가 나는 자취중이어도 생활은 전과 달라진 게 없었다. 지율이 핑계로 귀가도 일찍 했다. 외박은 당연히 안 했다. 내 무릎을 베고 누워 있던 그애가 시계를 확인하는 내게 슬쩍 물었다.

"자고 가지? 주말인데."

"안 돼."

"누가 뭘 하자고 했냐?"

지레 찔린 권현진이 벌떡 일어났다.

"그냥 옆에서 눈 감고 잠만 자라고. 아무 짓도 안 한다고."

"괜찮겠어?"

나는 권현진에게 꽤 신뢰가 생겼다. 내가 싫다는 걸 막무가내로 밀어붙일 애는 절대 아니었다. 오히려 내 눈치를 많이 봤다. 워낙 자존심이 세서 제 입으로 나랑 약속한 걸 어길 리도 없었다.

"괜찮겠냐고. 내가 네 옆에서 자도."

나를 빤히 바라보던 눈동자가 속절없이 흔들렸다. 먼저 눈을 피한 건 권현진이었다. 나한테 속내를 완전히 간파당한 질풍노도의 사춘기 소년.

"하…… 씨."

비참한 얼굴이었다. 그래, 너도 힘들겠지. 스트레스가 극에 달한 권현진은 안 되겠다며 밖에서 만나자고 했다.

처음에는 대체로 평범한 루트였다. 영화를 보고 밖에서 밥을 먹었다. 그런데 어느 날 15세 관람 영화에서 키스신이 나온 이후로 다신 영화관에 가지 않았다. 어두운 커플석도 위험했다. 사방이 뻥 뚫린 곳을 찾다보니 한강이 우리의 놀이터가 되었다.

"권현진, 너 다음주에 생일이지."

"알고 있었어?"

장 여사가 권씨 일가의 생일을 다 챙기기 때문에 모를 수가 없었다.

"백화점 가자, 이나희. 향수 골라줘."

교내 근로 알바로 용돈벌이를 하는 내게 권현진의 생일 선물은 부담이 아닐 수 없었다. 저애 취향대로라면 엄청 비싼 걸 고를 게 분명하니까. 하지만 아깝지 않았다.

"좋아. 가격대만 미리 말해주면……"

"내가 살 거야. 가서 고르기만 하라고. 너 만날 때 그거 뿌릴 테니까."

알고 보니 권현진은 후각에 굉장히 예민했다. 열아홉 남자애가 저렇게 향긋한 데는 다 이유가 있던 것이다.

심지어 좋아하는 브랜드까지 있었다. 장미에 바닐라가 살짝 섞인 머스크, 다디단 향기에 코를 박고 있었더니 권현진이 그걸 샀다. 보틀부터 남자가 소화하기에는 어려운 향수인데, 권현진에게는 어울렸다. 체향과 어우러져 묘하게 매력적이었다.

생일이 지나자마자 그애는 면허를 따고 차를 사서 곧바로 운전을 시작했다. 권현진의 6월 모의고사 성적이 기대 이상으로 잘 나와서, 만나는 횟수를 달에 1회로 줄였다. 대신 우리는 본격적으로 교외를 나다녔다.

"이나희, 우리 수능 전에 에버랜드 가자. 나 놀이공원 한 번도 못 가봤어."

"무슨 소리야. 너 어릴 때 가봤잖아."

"갔다가 그냥 돌아왔다고. 내가 지랄해서."

권현진은 낯을 많이 가리는 성격이었다. 특히 처음 보는 사람이 자신에게 말 거는 상황을 극도로 싫어했다.

어릴 때, 새로 온 보모가 권현진과 친해지려고 불쑥 손을 잡거나, 옆에서 계속 말을 붙이는 게 숨 막혔다고 했다. 생각해보니 저애는 갓난아기 때부터 남의 손에서 컸다. 그러니 보모가 바뀔 때마다 고통이었던 거다. 나는 그게 또 너무 짠했다.

"우리 지금 갈래? 놀이공원."

마침 권현진이 S대 1차 수시 원서를 쓴 날이었다.

"오늘 갑자기…… 어떻게?"

"가까운 데 가면 되지."

태어나서 지하철을 한 번도 안 타봤다는 권현진은 서울 안에도 놀이공원이 있다는 걸 몰랐다. 잠실에서 우리는 우스꽝스러운 머리띠를 하고, 추로스를 먹고, 환타를 마셨다.

해가 미친 듯 타오르는 더운 날씨에도 밖에서 놀이기구를 탔다. 매달린 채로 공중을 가를 때마다 세게 불어오는 바람이 이마의 땀을 식혀주었다.

나는 목이 터져라 비명을 지르면서도 놀이기구를 탔다. 놀이공원에 가자는 말을 처음 꺼낸 그애보다 내가 훨씬 더 즐거워했다. 권현진은 그저 내 옆자리에 앉아서 쉴 새 없이 볼에 뽀뽀했다. 계속 나만 쳐다보면서 바람 빠진 인형처럼 웃었다.

"권현진, 너도 좋아? 재밌는 거 맞아?"

"좋지. 이나희랑 있는데."

엉덩이가 뜨거운데도 부득불 오리배까지 탔다. 천천히 페달을 밟으며 우리는 실없는 얘기를 나눴다. 가끔 말싸움도 했다.

"놀이공원에 코스프레하고 오는 사람 되게 많구나. 신기하네. 나중에……"

"야, 너 아까 그 경찰 봤지."

"아니라고. 옆에 드라큘라도 있고 백설공주랑 다 있었잖아."

"봤네, 경찰. 이상형 봐서 좋으시겠네."

"이상형 경찰 아니라니까."

"근데 왜 아까부터 계속 경찰 얘기하는데."

"코스프레 신기하다고 그거 말한 건데, 네가 자꾸만 경찰, 경찰 하니까."

"그리고 네 이상형 경찰 맞잖아, 이나희. 어디서 구라를 쳐."

권현진은 유독 경찰에 예민하게 반응했다. 경찰 얘기를 먼저 꺼내는 사람은 내가 아니라 늘 저애였다.

"경찰은 직업이잖아. 직업이 어떻게 이상형이 돼?"

"그럼 뭔데, 이상형이."

"착하고 다정한 사람."

"아, 씨……"

설령 경찰이든 아니든, 내 이상형은 확실히 저애하고는 거리가 멀었다. 그걸 권현진이 스스로 아는 것도 좀 웃겼다.

"사람 존나 열받게 한다, 이나희."

"욕하는 사람 싫어."

"안 할게."

"안 하지 못할 거잖아."

"줄이도록 노력한다고요."

우리가 가까워지면서 권현진은 확실히 부드러워졌다. 전처럼 날뛰던 모습은 거의 없었고, 나빴던 첫인상도 많이 희석되었다. 한숨을 푹푹 쉬면서도 더는 욕설 없이 페달만 열심히 밟았다. 덕분에 오리배는 열심히 물살을 갈랐다.

"너는 이상형 뭔데?"

"뭐. 갑자기?"

"응. 궁금해서."

시선을 전방에 둔 권현진이 그대로 입술만 움직였다.

"얼굴 작고, 코도 작고, 입도 작고, 키도 작고, 손도 작고, 전부 다 작은데 눈만 큰 사람."

줄곧 정면을 보던 권현진이 이제는 나를 빤히 들여다보면서 말했다.

"긴 생머리에 토끼 머리띠를 하고 청 반바지에 노란 티셔츠 입은 사람. 근데 단발머리도 존나 귀엽고."

"욕 줄인다고…… 방금 그랬으면서."

"나한테 이상형 물어보다가 지금 얼굴 빨개져서 괜히 딴데 쳐다보고 내 눈 피하는 사람."

"안 피했거든……"

"내 이상형 너. 이나희."

권현진의 애정 표현은 갈수록 뻔뻔해졌다. 맨정신에는 차마 감당하기 어려울 정도였다. 내가 생각한 것보다 애교가 많고 장난기가 심했다.

"여태 몰랐냐? 머리부터 발끝까지, 전부 다. 내 이상형이야. 이름도."

"솔직히 말해봐. 너 뻥이지. 내가 물어보니까 급조한 거지?"

"아닌데. 나 어릴 때부터 너랑 똑같이 생긴 여자랑 결혼해서 이나희라고 부르면서 살려고 했어."

"미친 소리 좀 하지 마, 제발……"

"미친 소리 좀 그만하게 나랑 결혼해줘라, 이나희. 제발."

우리는 오리배 안에서 쉴 새 없이 뽀뽀했고, 그러다가 날이 졌다. 붉은 노을이 하늘에 번지며 온통 녹색이던 수면이 점점 금빛으로 물들었다. 어둠이 호수에 내려앉을 때쯤, 하나둘 조명이 켜졌다.

"우와, 저기 봐. 불 들어오네."

두 번은 보지 못할 광경이었다. 놀이공원의 상징 같은 마법의 성에 불빛이 눈부시게 번져갔다. 별이 땅에 내려앉은 것처럼 반짝였다.

"진짜 예쁘다. 그치?"

"어. 너 진짜 예뻐."

"아니, 나 말고…… 저기 마법의 성 말이야."

생전 처음이라는 놀이공원에 와서도 저애한테는 내가 전부였다. 시선이 줄곧 내게만 머물렀다.

"나희야. 나 좀 봐봐. 딴 데 좀 그만 보고……"

권현진이 사방을 둘러보느라 바쁜 내 턱을 움켜쥐었다. 그 애의 부드러운 입술에서 오렌지 환타맛이 났다.

"다음에는 에버랜드도 꼭 데려가줄게."

여느 커플이 그렇듯이 나는 권현진과 더 많은 추억을 쌓고 싶었다. 저애가 웃는 얼굴을 더 자주 보고 싶었다.

권현진이 내 옆에서 웃고 있으면 나는 여전히 아무것도 가진 게 없는데도 온 세상이 다 내 것처럼 든든해졌다.

수능 전 마지막 만남이었다. 근로 알바가 취소되어서 권현진의 아파트로 갔다. 자체 모의고사를 치는 날이라 학원이 평소보다 일찍 끝나는 걸 알고 있었다.

문자에 답이 없길래 아직 집에 오지 않은 줄 알고 집안에 들어가서 기다렸다. 권현진은 이미 샤워중이었다. 나는 마스터룸에서 거의 맨몸으로 나오던 그애와 정면으로 마주쳤다.

"아, 이나희! 뭔데!"

다행히 드로어즈를 입고 있었고, 수건 때문에 중요한 부분은 보이지도 않았다. 옷을 갖춰 입고 나온 권현진은 이마부터 목까지 벌게져선 내 앞에서 데굴데굴 굴렀다.

"왜…… 나 아무것도 못 봤어."

"몸 다 망가졌는데! 지금 멸치라고!"

"너처럼 큰 멸치가 어딨어……"

"복근도 없는데!"

"복근 완전 잘 있던데?"

"봤네. 다 봤잖아!"

"아냐, 못 봤어……"

사실은 다 봤다. 멋있어서 깜짝 놀랐다. 그 좋아하던 헬스장도 못 가고 전처럼 몸을 가꿀 시간도 없었을 텐데, 그런데 어떻게 여전히 저렇지? 남성용 헬스 잡지에서나 볼 법한 몸이었다. 미친 듯이 심장이 두근거렸다. 변태처럼 남의 벗은 몸을 보고 설렌 게 들킬까봐 일부러 더 덤덤한 척했다.

"아, 짜증나!"

"뭘 그렇게 창피해하고 그래. 내가 그런 몸이면 막 동네방네 자랑하겠다."

"못 봤다며!"

"아니, 내 말은 부끄러워할 게 하나도 없다 그거지."

권현진은 거의 비명을 질러댔다. 불시에 찾아온 내 잘못이었다. 샤워하느라 내가 남긴 문자를 확인하지 못했다고 했다. 샤워를 뭘 그렇게 오래하는지, 참. 애가 너무 깔끔해도 문제다.

"그렇게 창피하면…… 나도 보여줄까?"

"뭐?"

"나도 네 몸 봤으니까. 내 몸도 보여주면, 서로 창피할 거 없지 않을까 하는."

"미쳤냐? 보여주긴 뭘 보여줘."

미쳤냐는 말을, 다른 사람도 아니고 권현진에게 들으니 좀 억울했다.

"여자가 남자 몸 보는 거하고, 남자가 여자 몸 보는 거하고 같냐?"

고장난 시계도 하루에 두 번은 맞는다더니, 이렇듯 의외의 면에서 가끔 상식적인 모습을 보여줄 때마다 놀랍기 짝이 없었다. 목까지 벌게진 권현진이 소파에 누워 얼굴을 가리며 말했다.

"어차피 얼마 안 남았잖아."

"뭐가?"

"우리 약속한 날."

그놈의 약속. 오늘은 안 들먹이나 했다.

"그때 다 볼 거야. 이나희, 네 몸 전부."

권현진의 눈이 이글거렸다. S대 합격이나 수능보다 사실상 저애의 목표는 12월 31일이었다. 권현진이 성인이 되는 날.

"안 잊었지? 그날, 우리……"

12월 31일, 그날에 권현진의 꿈과 희망, 온갖 환상이 섞여 있었다.

한편으로는 걱정도 되는 게 사실이었다. 연애도 처음이지만 나는 이성에게 이만큼 설레어본 것도 권현진이 처음이었다.

이성은 아예 관심이 없거나 그냥 창진이처럼 편하기만 했다. 내게 고백하는 애들도 있었지만 '이제 귀찮아지겠구나' 하는 생각만 들었지 아무런 설렘도 없었다.

반면 권현진처럼 모든 게 불편하기만 한 남자애는 생전 처음이었다. 한 공간에 있기만 해도 그애의 향기가 신경쓰이고, 숨소리 하나에 귀가 쫑긋거렸다. 하물며 나를 만지거나 우리 몸이 닿아 있으면 온 신경줄이 거기에만 몰렸다.

그게 어색해서 나는 모든 게 서툴렀다. 권현진은 애정 표현도, 스킨십도 넘치는 편인데, 나는 지나치게 가슴 뛰는 게 부끄럽고 창피해서 최소한으로만 받아주는 식이었다.

그런 우리가 막상 관계를 가졌는데 꿈꾸던 것만큼 좋지 않으면 어떡하지. 디데이가 코앞에 다가올수록 나는 근심만 늘었다. 기대가 큰 만큼 실망도 큰 법인데…… 저애가 저렇게 기대하는데……

그러나 이럴 땐 다른 방법이 없었다.

정면돌파하는 수밖에.

(『시절연애 2』에서 계속)

시절연애 1

초판 발행 2025년 10월 10일

지은이 마셰리

책임편집 한나래 | **편집** 김유진 박을진 | **외주교정** 유혜림
표지디자인 이현정 | **본문디자인** 최미영
저작권 박지영 형소진 주은수 오서영 조경은
마케팅 정민호 서지화 한민아 이민경 왕지경 정유진 정경주 김혜원 김예진 이서진
브랜딩 함유지 박민재 이송이 박다솔 조다현 김하연 이준희
제작 강신은 김동욱 이순호 | **제작처** 영신사

펴낸곳 (주)문학동네 | **펴낸이** 김소영
출판등록 1993년 10월 22일 제2003-000045호

주소 10881 경기도 파주시 회동길 210
대표전화 031-955-8888 | **팩스** 031-955-8855 | **전자우편** elixir@munhak.com
인스타그램 @elixir_mystery | **X(트위터)** @elixir_mystery

ISBN 979-11-416-1272-6 04810
979-11-416-1271-9 (세트)

엘릭시르는 출판그룹 문학동네의 장르문학 브랜드입니다.

잘못된 책은 구입하신 서점에서 교환해드립니다.
기타 교환 문의 031)955-2661, 3580